ERICH BALLINGER

ABC FÜR MINI DETEKTIVE

Ein LESELEXIKON von Ueberreuter

CIP-Kurztitelaufnahme der Deutschen Bibliothek

Ballinger, Erich:
ABC für Minidetektive: e. Leselexikon / Erich Ballinger. -
Wien : Ueberreuter, 1987.
ISBN 3-8000-1432-7

J 1634/1

Umschlag, Layout und Zeichnungen von Erich Ballinger

Gesamtherstellung: Carl Ueberreuter Druckerei Ges.m.b.H.,
Korneuburg
Printed in Austria

VORWORT

"Den Hut tief in die Stirne gezogen, den Kragen des Staubmantels hochgestellt und die Pistole schußbereit, betrat der Kommissar die dunkle Kellerstiege, die zum Versteck des Mörders führte..."

Der Krimileser bekommt eine Gänsehaut, und kalt läuft es über seinen Rücken. O schauriger Genuß! Mit angehaltenem Atem hastet er die Zeilen, die Seiten weiter, nur daran interessiert, wer der Mörder ist und ob es gut ausgeht. Soll er doch, nichts dagegen einzuwenden.

Wer aber mehr wissen will, wer hinter die Kulissen der Detektivarbeit schauen möchte, Tricks der Verbrecher kennenlernen will, wissen möchte, was ein Indiz, eine Obduktion und Daktyloskopie ist - kurz, was also ein richtiger Detektivlehrling ist, der greift zum "ABC für Minidetektive" und informiert sich.

Selbst die großen Detektive schlagen hin und wieder im Lexikon nach. Es heißt: "Handbuch der Kriminalistik - Wissenschaft und Praxis der Verbrechensbekämpfung", 2 Bände, 1557 Seiten. Selbst Detektive wissen nicht alles.

Auch du kannst dieses Buch als Lexikon verwenden. Dabei ist gut zu wissen, daß

- die Stichwörter nach dem ABC geordnet sind,
- Wörter leichter zu finden sind, wenn du in die obere rechte Ecke schaust (dort ist das erste und das letzte Stichwort der betreffenden Seite aufgeschrieben),
- ein Pfeil vor einem Wort (→ ...) bedeutet, daß du bei diesem Wort nachschauen sollst, wenn du mehr darüber wissen willst,
- am Ende des Buches ein Index steht, in dem alle Wörter in alphabetischer Reihenfolge aufgelistet sind, die mit dem Thema Detektiv in Verbindung stehen. Die Zahlen dahinter geben die Seiten an, auf denen du Information darüber findest.

Du kannst das Buch aber auch als Geschichtenbuch verwenden. Schlag irgendein Stichwort auf und lies! Es sind zwar keine Krimis, aber es ist die Wirklichkeit - und die ist immer interessant und spannend.

Manche Geschichten darfst du nicht ganz ernst nehmen. Sie sind als Witze geschrieben. Aber als literarisch interessierter Minidetektiv wirst du sicher gleich erkennen, was todernst und was zum Totlachen gemeint ist.

Detektive findest du in diesem Buch mit tief in die Stirne gezogenem Hut, aufgestelltem Mantelkragen, Zigarette und immer von der Seite abgebildet. Dies deshalb, damit man den Detektiv dadurch leichter erkennt. Außerdem sind aufgestellte Mantelkrägen von vorne furchtbar schwer zu zeichnen. Ähnliches gilt auch für die Verbrecher: Die haben natürlich nicht alle verformte Nasen, Sonnenbrillen und Stoppelbart.

Die Welt des Detektivs ist angelsächsisch (=englischsprechend). Daher sind einige Dialoge und Fachausdrücke in englisch geschrieben. Hast du Übersetzungsschwierigkeiten, schlag im Wörterbuch nach. Bei Ausdrücken der rauhen Umgangssprache hilft dir das Stichwort "Slang".

Die Bilder sind nicht in Farbe. Doch wie sollte dies auch anders sein? Schwarz ist die Nacht, schwarz glänzt der Pistolenlauf, dunkel sind die Hintermänner im grauen Nebel, weiß sind die Gesichter der Ermordeten unter dem weißen Leichentuch, und viele, die eine blütenweiße Weste tragen, haben eine kohlrabenschwarze Seele.

Nur das Blut, das ist rot.

AGENTEN

Agenten haben mit Detektiven eigentlich nur den tief in die Stirne gedrückten Hut und den hochgestellten Mantelkragen gemeinsam. Sie werden auch Spione oder die Typen vom Informations- oder Abwehrdienst genannt. Was von ihnen bekannt ist, wissen wir meist nur aus Romanen und Filmen.

Da bekommt z. B. Agent 0003 von seinem Boß, 0001, dem Chef der Informationszentrale, den Auftrag, sich ins feindliche Land X einzuschleusen, dort Kontakt mit Verbindungsmann 040 aufzunehmen, den gefürchteten feindlichen Agenten BX365 auszuschalten und mit Hilfe der Agentin $\sqrt{6}$ geheime Pläne neuartiger Superwaffen, militärische Geheimnisse oder Kochrezepte zu klauen. Das Ganze bekommt den Decknamen "Operation C3D8 Veilchenblau".

So weit, so klar. Jetzt aber wird es kompliziert: Verbindungsmann 040 ist nicht 040, sondern 216c der Abwehrorganisation 3-44-2, BX365 ist Doppelagent und $\sqrt{6}$ ist ein Deckname für $*814^2$. $(x - y)^3$ ist r^2bi, während 2rbi, alias $9 \cdot h^2$, der

6,783754% eliminieren sollte, mit log cosß verwechselt wurde und vom tückischen $816m^2$ ins Jenseits befördert wird. Agent 0003 schlüpft aber geschickt durchs feingesponnene feindliche Abwehrnetz, entgeht allen Fallen und Anschlägen und zieht einigen bösartigen Nummern die Kubikwurzel.

Blutbespritzt, mit nur mehr einem Auge, siebzehn fehlenden Zähnen und einem häßlichen Rotweinfleck auf der Krawatte übergibt er 0001 die gewünschten Dokumente. Der rügt ihn wegen seines saloppen Äußeren, genehmigt ihm aber einen dreitägigen Urlaub mit der feschen $\sqrt{6}$ in Miami.

Spaß beiseite. Spannend wären sie schon, die Agentenromane, wenn man nicht spätestens auf Seite 16 unwiederbringlich den Faden verloren hätte. Keine Ausnahmen sind Ian Flemings (→) James-Bond-Romane und John Le Carré (Der Spion, der aus der Kälte kam, Eine kleine Stadt in Deutschland u. a.).

Die Wirklichkeit dürfte mit den Romanen oder Filmen nicht viel gemeinsam haben. Freilich gibt es Geheimdienste wie die amerikanische CIA (Central Intelligence Agency), das sowjetische KGB (Komitet Gosudarstvennoye Bezopastnosti = Komitee für Staatssicherheit), und im Zweiten Weltkrieg gab es die deutsche GESTAPO (Geheime Staatspolizei).

Militärische Informationen werden heute vielfach durch Satellitenaufnahmen (Himmelsspione) gewonnen. Auch Diplomaten und Botschaftsangehörige werden öfters der Spionagetätigkeit bezichtigt und des Landes verwiesen.

Wie es in der Welt der Geheimdienste wirklich zugeht, wissen wahrscheinlich nur die, die daran beteiligt sind. Und die müssen schweigen.

AL CAPONE

Al Capone war einer der berühmtesten und berüchtigtsten (→) Mafia-Bosse Amerikas. Um 1930 war er der unbestrittene Herrscher von Chicagos Unterwelt. Eine Messerschnittwunde an der Wange trug ihm den Beinamen "Scarface" ein.

Ein Mafia-Häuptling war (und ist heute noch) ein mächtiger Mann. Ein kleines Heer von Spezialisten für Mord, Einbruch, Rauschgifthandel etc. führt seine Befehle aus. Er hat mehr Geld als ein Bankdirektor, mehr Macht als so mancher Politiker, und ein Stab von gerissenen Rechtsanwälten beschützt ihn vor dem Arm des Gesetzes.

Jeder wußte, daß Al Capone ein skrupelloser Verbrecher war, beweisen konnte es ihm niemand. Nur einmal gelang es der Polizei, ihn für wenige Jahre ins Gefängnis zu stecken, weil er seine Steuern nicht bezahlt hatte. Ein lächerliches Vergehen, wenn man bedenkt, wie viele Leute er von Maschinengewehrsalven durchsieben ließ. Er starb wohlhabend (→ Crime doesn't pay) und auf freiem Fuß, aber zumindest doch an einer qualvollen Geschlechtskrankheit.

ALCATRAZ

Eines der gefürchtetsten Staatsgefängnisse Amerikas. In der San Francisco Bay, unweit der Golden Gate Bridge liegt eine winzige felsige Insel. Darüber erheben sich die wuchtigen Mauern des Gefängnisses. Ausbruch unmöglich. (Film- und Romanhelden ist die Flucht natürlich schon gelungen.) Um 1963 wurde das Gefängnis aufgelassen und ist seither als Touristenattraktion zu besichtigen.

ALCATRAZ: NAHAUFNAHME

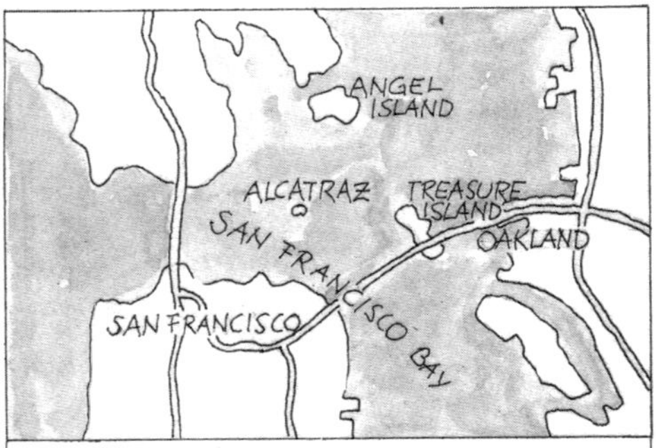

ALCATRAZ: SATELLITENBILD

(lateinisch: anderswo)

Ein Alibi ist der Beweis, daß jemand zur (→) Tatzeit eines Verbrechens woanders war als gerade dort, wo das Verbrechen geschah.

Alibiinterview 1:

Nachdem der Detektiv sich bei Inspektor Flatfoot vergewissert hat, daß der Kerl wirklich zur fraglichen Zeit in Polizeigewahrsam war, weiß er, der kann's nicht gewesen sein, sein Alibi ist gut. (Am besten ist's, der Detektiv lächelt etwas gequält.)

Alibiinterview 2:

Aha, der Meisterdetektiv schließt hier mit messerscharfer (→) Logik, daß man um ein Uhr in der Früh keine Eichkätzchen im Park füttert. Dieses Alibi stinkt. (Der Detektiv lächelt triumphierend, versteckt dies aber unter einem Pokergesicht.)

Hier eine Aufgabe für Detektivlehrlinge: Welche Alibis stinken? (→ Lösung des Falls.)

ARSEN

Ein graues, metallisches, sehr giftiges Pulver. Beliebt bei Giftmördern, da es geschmack- und geruchlos ist und sich kaum sichtbar in Flüssigkeiten auflöst. Außerdem wirkt es schnell. Wenig beliebt bei denen, die's schlucken (→ Gift).

AUSRÜSTUNG

Ein Detektiv, der in seinem Büro sitzt, ist arbeitslos. Hat er Aufträge, dann treibt er sich in Spielcasinos, Opiumhöhlen (→ Rauschgift), Bars, Nachtclubs, Boxarenen, auf Bahnhöfen, Flugplätzen, in Kanalsystemen, Kellerkneipen, Kindergärten und an ähnlichen zwielichtigen Orten herum. Er führt also seine Ausrüstung mit sich. Nicht im Lastwagen oder im Rucksack, sondern geschickt in geheime Taschen seiner (→) Kleidung verteilt, wie die Abbildung von Privatdetektiv A. in vorbildlicher Weise zeigt:

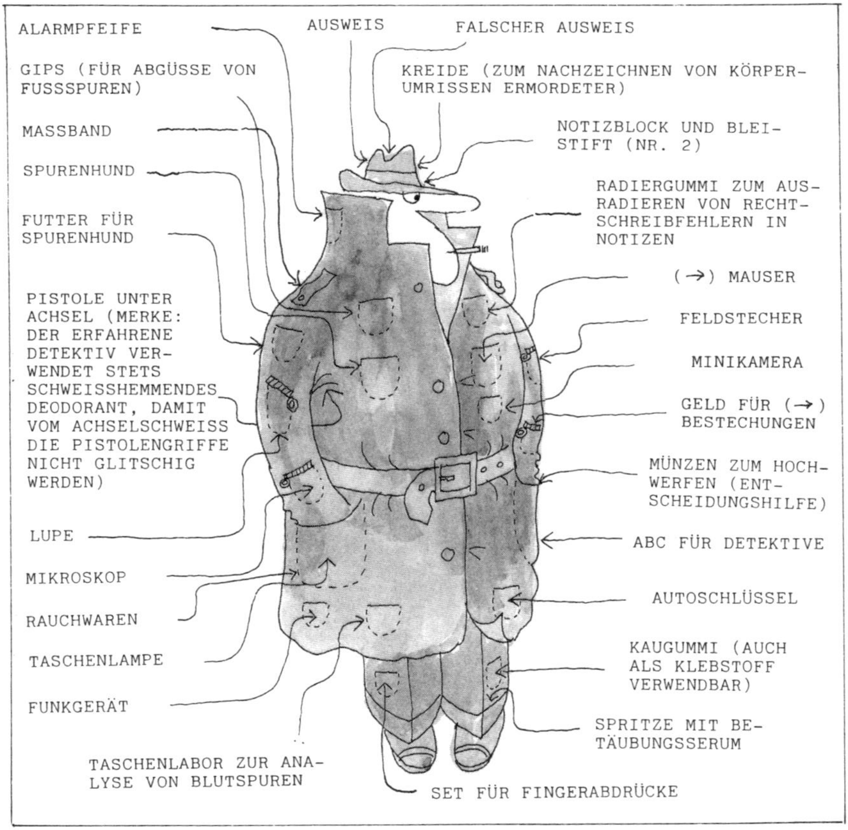

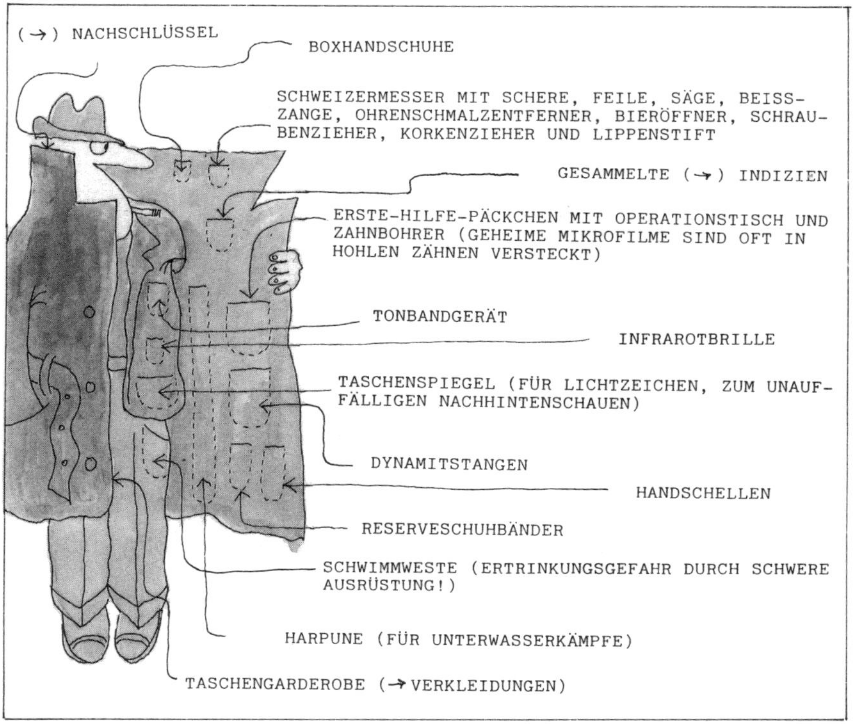
(→) NACHSCHLÜSSEL
BOXHANDSCHUHE
SCHWEIZERMESSER MIT SCHERE, FEILE, SÄGE, BEISSZANGE, OHRENSCHMALZENTFERNER, BIERÖFFNER, SCHRAUBENZIEHER, KORKENZIEHER UND LIPPENSTIFT
GESAMMELTE (→) INDIZIEN
ERSTE-HILFE-PÄCKCHEN MIT OPERATIONSTISCH UND ZAHNBOHRER (GEHEIME MIKROFILME SIND OFT IN HOHLEN ZÄHNEN VERSTECKT)
TONBANDGERÄT
INFRAROTBRILLE
TASCHENSPIEGEL (FÜR LICHTZEICHEN, ZUM UNAUFFÄLLIGEN NACHHINTENSCHAUEN)
DYNAMITSTANGEN
HANDSCHELLEN
RESERVESCHUHBÄNDER
SCHWIMMWESTE (ERTRINKUNGSGEFAHR DURCH SCHWERE AUSRÜSTUNG!)
HARPUNE (FÜR UNTERWASSERKÄMPFE)
TASCHENGARDEROBE (→ VERKLEIDUNGEN)

Lucky 2
... LEERE STELLEN IN DIESEM BUCH AUSZUFÜLLEN.
FORTSETZUNG AUF SEITE 30

BERETTA

Das ist nicht eine italienische Speiseeissorte, sondern eine Waffenfirma. Hat wegen der großen Auswahl an Faustfeuerwaffen in Detektiv- und Mörderkreisen einen guten Namen. Menschen, die damit bedroht oder erschossen werden, ist der Firmenname egal.

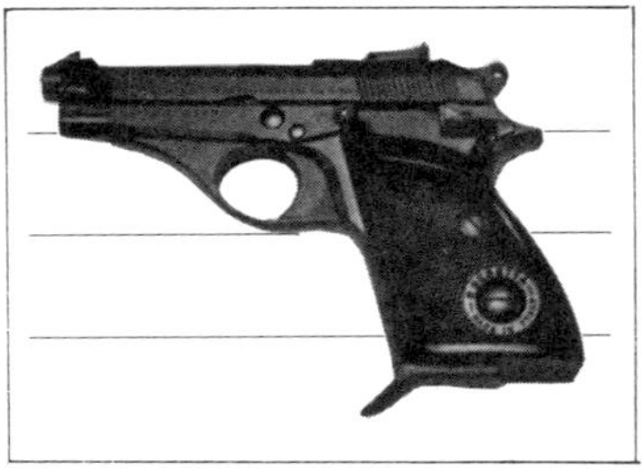

BERÜHMTE DETEKTIVE

Detektive aus Fleisch und Blut sind nicht berühmt. Wollen sie auch gar nicht sein, wie sollten sie sonst unerkannt arbeiten? Berühmt sind die in Romanen, Geschichten und Filmen. Sie sind internationaler als (→) Interpol. Von Los Angeles bis Leningrad und von Stockholm bis Sidney kennt sie jeder Krimileser. Hier die Stars unter den Berühmtesten (nach Vornamen oder Titel in alphabetischer Reihenfolge):

AUGUSTE DUPIN

Einer der ersten Detektive, der Verbrechen mit Hilfe (→) logischen Denkens löste. Er spaziert durch dunkle, nebelnasse Gassen und denkt dabei. Ist er damit fertig (mit dem Denken), hat er ihn auch schon (den Täter).

Trotz der trockenen Logik sind Dupins Abenteuer voll gruseliger Grabeskälte und makabrer Mystik, sodaß die Lektüre seiner Fälle nur nervenstarken Minidetektiven empfohlen werden kann. Autogrammsammler schreiben an:
C. Auguste Dupin, Rue Dunot 33, Faubourg St.-Germain, Paris.

Hobby: Seltene Bücher, dunkle Nächte.

Sein Vater: Edgar Allen Poe, amerikanischer Gruseldichter.

Seine Abenteuer: Der Doppelmord in der Rue Morgue, Der entwendete Brief, Das Geheimnis der Marie Roget.

BALDUIN PFIFF

Der etwas rundliche Detektiv ißt gern und flucht wundersam. Ein guter Spurenleser und wegen seiner Pfiffigkeit bekannt.

Hobby: Sammeln von Kochrezepten.

Sein Vater: Wolfgang Ecke, deutscher Autor.

Seine Abenteuer: Eine Handvoll Dieb, Die Bronzeräuber, Besuch nach Mitternacht, Unternehmen Klapperschlange u. a.

BATMAN

Ein Comics-Detektiv der fernen Zukunft. In Gotham City, einer Science-Fiction-Stadt, fängt er nächtlich (ZACK-ZACK) so an ein Dutzend Bösewichter, gibt sie geschlichtet und gebündelt bei der staunenden Polizei ab, schwingt sich (SWOOOSH) in sein Batmobil und fährt (KAROOOM) in seine unterirdische Batcave. Dort entledigt er sich seiner fledermäuslichen Maskerade, um bei Tag den Durchschnittsbürger Bruce Wayne zu spielen. Ihm zur Seite stehen Robin, The Wonder Boy, und Batgirl.

Hobby: Keines, weil 25 Stunden am Tag im Einsatz.
Sein Vater: Bob Kane, amerikanischer Comics-Texter.

Crime-Fighters wie Batman gibt es unzählige auf dem amerikanischen Comics-Markt: Spiderman, Wonder-Woman, The Fantastic Four, Superman, Flash, Green Lantern, Dare Devil...

Sie alle bekämpfen in einer futuristischen Phantasiewelt monströse Verbrecher, die die Menschheit vernichten wollen. Und die hilflose Menschheit freut sich: Die Guten gewinnen immer.

DICK TRACY

Der brutale Comics-Polizeichef verwendet Schießeisen, Fäuste und wenig Hirn bei der Gangsterjagd.
HOBBY: Schöne Frauen, technisches Spielzeug.
Sein Vater: Chester Gould, amerikanischer Comics-Zeichner.

EMIL TISCHBEIN

Von ihm gibt es nur ein kriminalistisches Abenteuer: "Emil und die Detektive". Aber es ist eines, das es in sich hat. Emil, ein Junge in deinem Alter, steht ohne Geld und mutterseelenallein in der Großstadt Berlin. Wie es ihm nun gelingt, den Dieb seines Geldes zu stellen, ist eine detektivische Großtat, von der sich etliche hartgesottene Meister ein Scheibchen abschneiden können. Und wahr soll die Geschichte auch sein.
Väter hat er zwei. Der leibliche: Klempnermeister Tischbein. Der literarische: Erich Kästner, deutscher Jugendbuchautor.

FATHER BROWN

Unter der schwarzen Soutane eines kleinen dicklichen Pfarrers steckt ein genialer Detektiv. Schüchtern und scheinbar unbeholfen, weiß er kaum einen Fuß- von einem Fingerabdruck zu unterscheiden. Aber er hat einen Blick für Details, Intuition und Einfühlungsvermögen in die Wesensart von Verbrechern. Seine einzige Waffe besteht in einem großen Schirm.

Sein Vater: G. K. (→) Chesterton, englischer Schriftsteller.
Seine Abenteuer: Das Geheimnis des Pater Brown, Die Unschuld des Pater Brown, Die Weisheit des Pater Brown u.a.

GWENDOLIN KLICK

Sein Name sagt eigentlich schon alles. Wenn es bei seiner detektivischen Denkarbeit in seinem Gehirn "klick" macht, dann hat er den Fall gelöst. Er trägt Turnschuhe, großkarierte Hemden und Jeans. Um den Hals trägt er einen Minicomputer, und um seine Füße streicht ständig eine Siamkatze statt des Spürhundes. Den Wetterfrosch Bruno hat er nur so nebenbei.

Hobby: Schlafen (mindestens 14 Stunden pro Tag), Singen (er möchte in die Hitparade kommen).
Sein Vater: Hans Geist, Jugendkriminalschriftsteller aus der Schweiz.
Seine Abenteuer: Der doppelte Schatten der Gräfin Lampenklopf, Milchgesicht, du bist verdächtig! u.a.

HERCULE POIROT

Der kleine schnauzbärtige Hobbydetektiv ist Belgier, der seine Gesprächspartner mit "mon ami" und "mon cher" anspricht. Mörder werden durch sein schwächliches Äußeres und durch seine freundlichen Umgangsformen in Sicherheit gewiegt, bis sie zu spät erkennen, daß sie einem geistigen Herkules gegenüberstehen.

Hobby: Lesen von Detektivromanen.
Seine Mutter: Agatha (→) Christie, englische Kriminalautorin.
Seine Abenteuer: Monsieur P. ist neugierig, Monsieur Poirots raffinierte Fälle, Abschiedsvorstellung für Monsieur P., Tod in den Wolken u.a.

KALLE BLOMQUIST

Ein Junge, der Verbrecher entlarvt und daher oft in Lebensgefahr schwebt. Schwebt er gerade nicht, ist er Mitglied der Bande "Weiße Rose".

Hobby: Pfeife (ohne Tabak), schöne Frauen (Eva-Lotte).
Seine Mutter: Astrid Lindgren, schwedische Kinderbuchautorin.
Seine Abenteuer: Meisterdetektiv Blomquist, Kalle Blomquist lebt gefährlich, Kalle Blomquist, Eva-Lotte und Rasmus.

KOMMISSAR MAIGRET

Arbeitet im Pariser Polizeihauptquartier, hart, bis zur Erschöpfung und mit persönlichem Einsatz. Seine Fälle aber löst er am liebsten zu Hause im Bett liegend und Rumtee trinkend. (Er hat oft Schnupfen.)

Hobby: Pfeife, Schnäpse, Schnupfen.

Sein Vater: Georges (→) Simenon, belgischer Krimiautor.
Seine Abenteuer: Maigret und der gelbe Hund, Maigret und die kopflose Leiche u. a.

LORD PETER WIMSEY

Ein steinreicher Hobbydetektiv aus der englischen Aristokratie. Mit tadellosen Manieren, Monokel und Spazierstock löst er die dreckigsten Verbrechen, ohne sich die weißen Hand- oder die schwarzen Lackschuhe zu beschmutzen. Gelegentlich ist ein lässiger Judogriff vonnöten, um sich einen schmierigen Unterwelttypen vom staubkörnchenfreien Nadelstreif zu halten.
Als Geheimtip seine Privatadresse: Lord Peter Wimsey, 110a Piccadilly, London.
Hobby: Französischer Cognac, erlesene Weine, seidene Pyjamas.
Seine Mutter: Dorothy (→) Sayers, englische Krimiautorin.
Seine Abenteuer: Diskrete Zeugen, Aufruhr in Oxford, Der Fall Harrison, Feuerwerk, Fünf falsche Fährten, Geheimnisvolles Gift u. v. a.

MIKE HAMMER

Privatdetektiv in New York. Er steht hier als Beispiel, wie Detektive nicht sein sollten. Das Benehmen von einigen (besonders amerikanischen) Schnüfflern läßt ohnehin zu wünschen übrig. Was aber Mike Hammer treibt, geht entschieden zu weit. Es mag noch angehen, daß er seine Zigarettenenden in halbvollen Kaffeeschalen, an teuren Teppichen und im Dotter von Spiegeleiern abtötet. Unverzeihlich jedoch ist es, wie er mutmaßlichen Tätern die Zähne aus dem Gesicht klopft, ihnen die Knochen bricht, sie verstümmelt und sie schließlich kaltblütig umbringt. Und das Schlimmste: Er hat großen Spaß dabei.

Hobby: Sadismus.

Sein Vater: Mickey Spillane, amerikanischer Brutalo-Krimischreiber.

MILO TRBUCHOWITSCH

Detektiv-Wunderkind, das mit seinem Hund Stumpi die Unterwelt ärgert.

Hobby: Fischen.

Seine Väter: Ellery (→) Queen (Frederick Dannay und Manfred R. Lee), amerikanisches Autorenteam.

MISS MARPLE

Diese ältere gutmütige Dame entlarvt die kaltblütigsten Mörder, weil die Verbrecherwelt nicht weiß, daß in der lieben Oma kriminalistische Fähigkeiten ersten Ranges stecken.

Hobby: Stricken, Zuckerln.

Ihre Mutter: Agatha (→) Christie, englische Krimiautorin.

Ihre Abenteuer: Ruhe unsanft, Der Wachsblumenstrauß, Die Uhr war Zeuge, Das Geheimnis der Amseln, Die Schattenhand u.a.

MARGARET RUTHERFORD ALS MARPLE-DARSTELLERIN

NERO WOLFE

Er ist ein Gigant. Er wiegt 142,85kg, spricht 7 1/2 Sprachen und ziert seit 1973 eine nicaraguanische Briefmarke.

Man munkelt, er sei ein unehelicher Sohn von Sherlock Holmes. Ehe er Privatdetektiv in New York wurde, war er Geheimagent der österreichisch-ungarischen Monarchie.

Nero Wolfe ist gigantisch faul und arbeitet eigentlich nur, um seinen Koch und seinen Gehilfen Archie Goodwin bezahlen zu können. Der Koch befriedigt seine gigantische Eßlust, Goodwin besorgt die detektivische Fußarbeit. Er selbst denkt. Sein Haus verläßt er nur in beruflichen Notfällen, lacht höchstens einmal im Jahr, flucht selten und wenn, dann nur mit "Pfui". Sonst bedient er sich einer sehr gewählten Ausdrucksweise.

Interessenten für gigantische Penpals schreiben an: Nero Wolfe, West 35th Street, New York.

Hobby: Orchideenzucht, Frühstück im Bett, gelbe Pyjamas.

Sein Vater: (neben Sherlock Holmes) Rex Stout, amerikanischer Kriminalautor.

Seine Abenteuer: Leiche im besten Verhältnis, Schwarze Orchideen, Erstens kommt es anders..., Explosive Ananas, Das große Fragezeichen u.a.

NICK KNATTERTON

Witziger Comics-Meisterdetektiv, der Abenteuer wie Münchhausen erlebt.

Hobby: Schöne Frauen, Pfeife.

Sein Vater: Manfred Schmidt, deutscher Karikaturist.

Seine Abenteuer: Die Million im Eimer, Ein Schloß fällt aus der Tür u.a.

PHANTOM

Ein tarzanähnlicher Comics-Detektiv, der maskiert (bei der Hitze!) im afrikanischen Urwald den Verbrechern das Handwerk legt. Ihm zur Seite stehen ein Hund, ein Pferd und allerlei technische Klinkerlitzchen. Er beschützt die guten Schwarzen und sorgt im Dschungel für Umweltschutz.

Seit seiner Geburt, 1936, ist er noch keine Minute gealtert und erfreut sich noch immer größter Beliebtheit. Zur Blütezeit des Comics wurden seine Abenteuer in 40 verschiedene Sprachen übersetzt und, statistisch gesehen, täglich von 100 Millionen Lesern konsumiert.

Hobby: Familie, Tiere, Bauchreden.

Seine Väter: Die Amerikaner Lee Falk (Texter) und Ray Moore (Zeichner).

PHILIP MARLOWE

Dieser Privatdetektiv kennt Los Angeles wie seine Westentasche. Steht mit der Polizei auf ständigem Kriegsfuß, da er smarter ist als sie und den Mörder stets vor den offiziellen Schnüfflern findet. Marlowe lebt fast immer in Geldknappheit und muß auch meist auf sein Honorar verzichten, da seine Auftraggeber im Trubel der Ereignisse umgebracht werden.

Hobby: Schöne Frauen, Whiskey, Zigaretten.

Sein Vater: Raymond (→) Chandler, amerikanischer Autor.

Seine Abenteuer: Der große Schlaf, Lebwohl, mein Liebling, Das hohe Fenster, Die Tote im See, Der lange Abschied, Gefahr ist mein Geschäft u.a.

SHERLOCK HOLMES

Wer Detektiv sagt, muß auch Sherlock Holmes sagen. Er wurde am 8. Januar 1854 geboren und gilt noch immer als der unbestrittene Klassiker unter den Detektiven. Nach langen Spaziergängen in Londons Nebel, nach intensiver Arbeit in seinem Privatlabor oder nach innigem Geigenspiel verkündet er, wer der Täter ist. Sein Gehilfe,

Dr. Watson, vernimmt es staunend mit offenem Mund. Holmes´ fast ebenbürtiger Gegenspieler ist der geniale, aber verbrecherische Professor Moriarty.

Fanmail ist zu richten an: Sherlock Holmes, 221 Baker Street, London.

Hobby: Geigenspiel, Pfeife, Ruhe (zum Nachdenken).

Sein Vater: Sir Arthur Conan Doyle, englischer Kriminalautor.

Seine Abenteuer: Sherlock Holmes´ Abenteuer, Der Hund von Baskerville, Das Tal der Furcht, Studie in Scharlachrot, Sherlock Holmes´ Rückkehr u. v. m.

TINTIN (deutsch: Tim)

Ein kleiner Detektiv, der große Abenteuer besteht. Sein Begleiter Melou (deutsch: Struppi) ist trotz menschlicher Schwächen der Idealhund für jeden Detektiv: Eher Schwierigkeiten als Hilfe bekommt er von seinen Begleitern, dem stets betrunkenen Kapitän Haddock und dem schwerhörigen Professor Bienlein.

Sein Vater: Hergé, belgischer Comics-Zeichner.

Seine Abenteuer: Die Zigarren des Pharao, Der Fall Bienlein, Die schwarze Insel, Der blaue Lotus, Flug 714 nach Sydney u. v. a.

..Jörn Müller..................

Ist einer der bedeutendsten Hobbydetektive in ..Monzelfeld.... Er (~~Sie~~) hat zwar noch keinen Mordfall geklärt, ist aber ein unbestechlicher Beschützer der Schwachen und tapferer Kämpfer gegen Unrecht und Gemeinheit. Gefundene Geldbörsen gibt er (~~sie~~) bei der Polizei ab.

Hobby: ..~~Fußball~~, Bücher, Volleyball

Lieber Minidetektiv!
Klebe hier ein Foto von dir ein und vervollständige den nebenstehenden Text mit deinem Namen und anderen Daten!
(Schönschrift)

Sein (Ihr) Vater: Rainer Müller

Seine (Ihre) Mutter: Angelika Müller

Seine (Ihre) Abenteuer:

BESCHATTUNG

(Kriminalwissenschaftlicher Ausdruck: Observation)

Kommissar Toothbury war äußerst schlechter Laune. Er stand hinter seinem Schreibtisch und stützte die Fäuste auf dicke Aktenbündel. Seine untergebenen Detektive standen in sicherem Respektabstand vor ihm, blickten zu Boden oder zur Decke und spielten nervös mit ihren Fingern.

"Meine Herren", schnauzte er sie an, "so geht das nicht weiter. Seit Tagen wissen wir schon mit ziemlicher Sicherheit, daß Pete Tool den Tresor der Firma Crab & Junk entleert hat. Aber uns fehlen die Beweise. BEWEISE, meine Herren! Und das Schlimmste: Wir wissen nicht, wo er die Beute versteckt hält."

Der Kommissar machte eine Pause und rückte die Aktenbündel zurecht. Betretenes Schweigen bei den Detektiven.

"Jones, Smith und Wesson", fuhr er fort, "Sie werden etwas für Ihre Gesundheit tun."

Jones wurde blasser, als er es schon war, Smith versuchte seinen ansehnlichen Bauch etwas einzuziehen, und Wesson wechselte das Standbein. Vom linken Plattfuß auf den rechten Senkfuß.

"Bewegung ist gesund. Besonders Spaziergänge. Sie werden Pete Tool beschatten, bis wir einen Beweis in den Händen haben und wissen, wo er den Tresorinhalt versteckt. - Abtreten!"

Jones, Smith und Wesson verließen kränklich hüstelnd das Zimmer. Spaziergang! Sehr witzig!

Beschattung, das heißt, dem Kerl kilometerweit auf den Fersen bleiben, ihn nicht einen Augenblick aus den Augen verlieren und dabei selbst nicht entdeckt werden.

Beschattung, das heißt stundenlanges Warten im Regen, sich die Zehen abfrieren und vor Müdigkeit kaum noch die Augen offenhalten können.

Beschattung, das heißt, nur so nebenbei eilig einen Sandwich hinunterschlingen, den halb getrunkenen Kaffee stehenlassen und nicht in Ruhe pinkeln können.

Wie leicht kann der Bursche verlorengehen: in der dichten Menschenmenge, in der U-Bahn, durch ein Taxi, durch einen Hinterhof mit geheimem Ausgang. Und wenn der Beschattete erst spitzkriegt, daß er überwacht wird, dann bleibt er zu Hause und trinkt heißen Tee. Die Beschatter warten draußen, bis sie nur noch Schatten ihrer selbst sind.

Nein, ein Spaziergang ist eine Observation nicht.

Ausgangslage: A,B gegenüber C

Meist wird das ABC-System angewendet. Der Trick dabei:

Die drei Beschatter wechseln ständig ihre Position, um nicht erkannt zu werden. Einer beschattet immer von der gegenüberliegenden Straßenseite, um den Abstand nicht zu groß werden zu lassen,

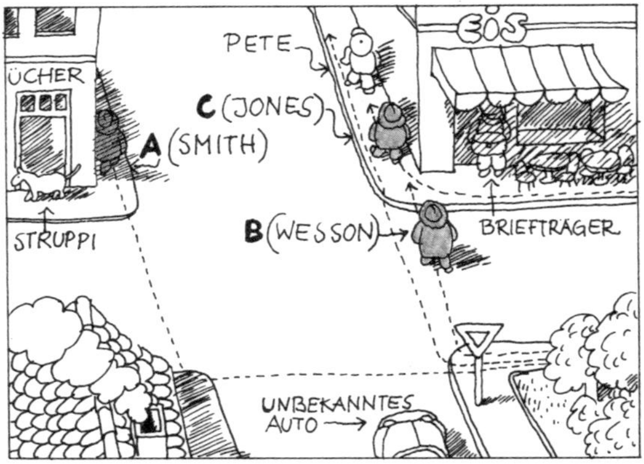

Nach Rechtsabbiegen: B, C gegenüber A.

falls der Verfolgte überraschend bei Rotlicht die Straßenseite wechselt. (Auf Verkehrssicherheit bedachte Detektive tun so etwas nicht.)

Übrigens: Jones, Smith und Wesson waren erfolgreich. Wessons Orthopädist verdiente, Smith´ Bäuchlein verschwand, und Jones´ blasses Gesicht färbte sich rosa, bei Schnupfen und 38,2 Grad Fieber.

BESTECHUNG

(englisch: bribe)

Bestechung wird nicht mit dem Messer, sondern mit Geld durchgeführt. Bestechung ist strafbar. Für den Bestecher sowie für den Bestochenen. Aber - es gibt zwei Arten davon:

1. Die gemeine, moralisch verwerfliche Bestechung:

2. Die elegante, moralisch gerechtfertigte Bestechung:

Das dürfte doch wohl klar sein. ODER?

BLUT

Zartbesaiteten wird schlecht. Hungrige Vampire schnalzen mit der Zunge. Vollblutdetektive aber krempeln sich, glühend vor Arbeitseifer, die Hemdärmel auf, wenn sie Blutspuren entdecken. Ein Fleckchen Blut kann eine wahre Fundgrube sein: Es gibt Auskunft über Alter, Blutgruppe, Alkoholgehalt, Inhalt von Giftstoffen und in manchen Fällen sogar darüber, ob es sich um männliches oder weibliches Blut handelt (→Obduktion).

Für uns Minidetektive mag es genügen, feststellen zu können, ob es sich bei den verdächtigen dunkelbraunen Flecken am Tischtuch um Pflaumenmarmelade oder um Blut handelt.

1. Die unter (→) Labor angeführten Regeln beachten!
2. Schütte 4 Proberöhrchen Wasser in ein Gefäß!
3. Gib 5 Messerspitzen Natriumkarbonat und 1 Messerspitze Luminol dazu! Gut umrühren!
4. In ein zweites Gefäß kommen 3 Proberöhrchen Wasser und ein Viertel einer pulverisierten Perhydrid-Tablette. Umrühren!
5. Raum abdunkeln oder warten, bis es Nacht wird!
6. Beide Lösungen zusammengeben und das Stoffstück mit dem vermeintlichen Blutfleck in die Flüssigkeit tauchen!
7. Wenn der Fleck intensiv blau aufleuchtet, handelt es sich um Blut!

BOGART, HUMPHREY

Dieser Mann hat sein halbes Leben im grauen Staubmantel mit aufgestelltem Kragen und lässig in die Stirne gedrücktem Hut verbracht. Und dies nicht etwa in grauer, kalter Nebelnacht, sondern unter heißen Scheinwerfern. Humphrey Bogart ist der klassische Filmdetektiv vieler Kriminalabenteuer: Der Malteser Falke (→Hammet), African Queen, Todesschlaf (→Chandler), Casablanca...

Es ist nicht überliefert, ob er je gelächelt hat. Und wenn, dann war es ein trauriges Lächeln, wissend um die Schlechtigkeit dieser Welt.

BOHNENSUPPE

Weich gekocht, ist sie die Lieblingsspeise hartgesottener Detektive. Regt Gehirn- und Darmtätigkeit an.

BONNIE & CLYDE

Clyde Barrow und seine Freundin Bonnie Parker waren ein unglückliches Gangsterpärchen, "trigger happy" und brutal, dem nie ein großer Coup gelang. Autodiebstähle, Überfälle auf Kaufläden, Tankstellen und leere Banken. Nie erbeuteten sie

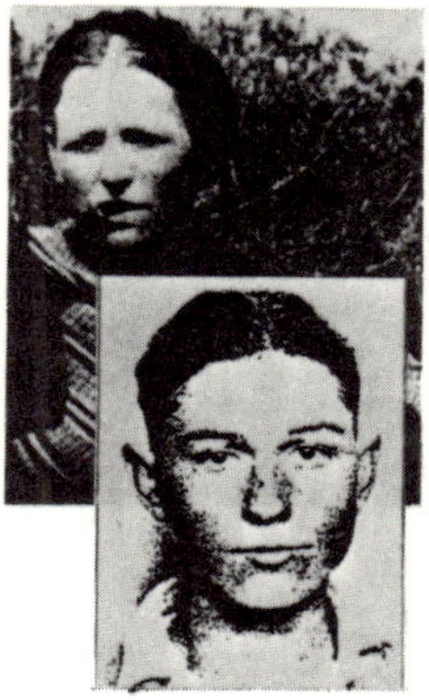

mehr als 1400 Dollar, ließen aber jede Menge Leichen zurück. Ein Ford-T-Modell war ihr bevorzugtes Transportmittel, vollgestopft mit Waffen jeder Art.

Wenn sie zwischen Maschinengewehrsalven Zeit fanden, schrieb Bonnie Gedichte, und Clyde, der aussah wie ein Sängerknabe, spielte am Saxophon. Sie wurden kreuz und quer durch die USA gehetzt. Oftmals verwundet, entkamen sie immer wieder um Haaresbreite. Glückliche Zufälle, Schnelligkeit und Zielsicherheit waren ihre Trümpfe. "Wanted dead"-Posters hingen in jedem Postamt. Die großen Gangsterorganisationen versagten ihnen ihre Hilfe. Für sie waren die beiden nur "kill crazy punks".

1934 gelang es Frank Hammer, einem erfahrenen "Headhunter", mit einigen Gehilfen das Pärchen zu stellen. Als alles vorüber war, wies ihr Wagen 167 Einschußlöcher auf. Die Leichen von Bonnie & Clyde durften einen Tag lang von der Öffentlichkeit besichtigt werden. Blutverschmiert, durchlöchert, mit ihren Waffen über der Brust. A last thrill.

Bonnie & Clyde wurde 1967 mit viel roter Farbe und Sentimentalität verfilmt.

CHANDLER, RAYMOND

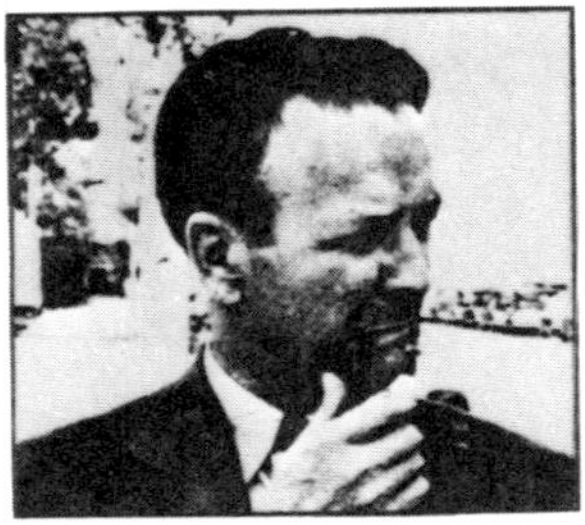

Einer der besten amerikanischen Kriminalschriftsteller. Lebte in Los Angeles. Schöpfer des Privatdetektivs Philip Marlowe (→ berühmte Detektive).

Schrieb Romane, Kurzgeschichten und Filmscripts. Viele seiner Geschichten wurden verfilmt (→ Humphrey Bogart).

CHATEAU D'IF

Vor der französischen Stadt Marseille liegt eine kleine Insel, auf der sich das Château d´If befindet. Diese Festung beherbergte einst die düsteren Zellen eines gefürchteten Gefängnisses, das als ausbruchsicher galt. Der Graf von Monte Christo im Roman von Alexandre Dumas schaffte die Flucht trotzdem.

Heute wird das Gefängnis von verschwitzten Touristen besucht, die Abkühlung durch kalte Gruselschauer suchen.

CHESTERTON, G.K.

Englischer Krimiautor und Vater des Hobbydetektivs Father Brown (→ berühmte Detektive).

Chesterton war während seiner Schulzeit stets der schlechteste Schüler in seiner Klasse. Dem lernunwilligen Minidetektiv mag dies ein Trost, jedoch nicht Vorbild sein.

Verfilmt, in der Hauptrolle Heinz Rühmann.

CHINESISCH

Der Detektiv von Weltformat spricht selbstverständlich alle Sprachen, nebst dazugehörigen Dialekten. Chinesisch, zum Beispiel, ist gar nicht schwer:

Dieb: Lang-fing
Polizist: Lang-fing-fang
Dienstpistole: Lang-fing-fang-peng

CHRISTIE, AGATHA

Die erfolgreichste Kriminalautorin aller Zeiten ist Engländerin. Sie ist Erfinderin von Miss Marple und Hercule Poirot (→ berühmte Detektive).

Einige ihrer 60 Krimis wurden verfilmt, Hauptdarstellerin: Margaret Rutherford.

CRIME DOESN'T PAY!

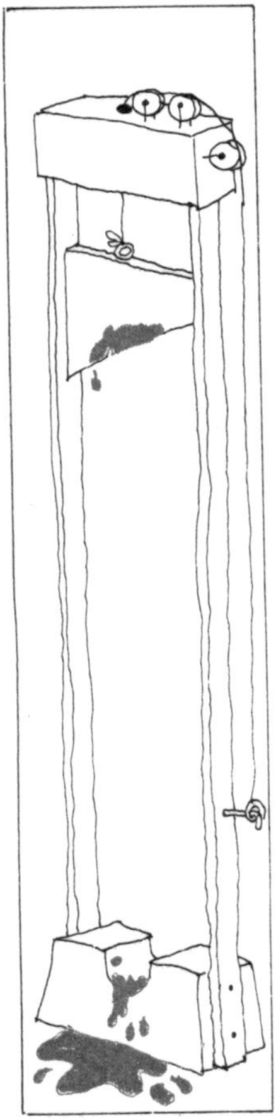

Dieses bekannte Sprichwort soll besagen, daß sich Verbrechen nicht auszahlt, nur einige Jahre Gefängnis einbringt, niemals aber eine volle Brieftasche. Leider stimmt das nicht immer. Viele Gangsterbosse sind steinreich geworden und sitzen jetzt als wohlangesehene Bürger in komfortablen Villen neben dem Swimmingpool und lachen sich ins dreckige Fäustchen. Einige Großindustrielle, Politiker und andere wichtige Leute sind durch kriminelle Methoden in die Höhe gekommen, während der kleine Detektiv und Polizeibeamte noch immer unten sitzt und an den Fingernägeln kaut. Für sie gilt der Satz "crime-fighting doesn´t pay".

BEQUEM?

BEQUEM?

Um Menschen vom Verbrechen abzuhalten, bedarf es nicht solcher Märchen wie "crime doesn´t pay" und "der liebe Gott sieht alles".

Achtung vor dir selbst sollte auch genügen, um deinen Mitmenschen nicht ein Bein zu stellen.

DETEKTIV

GESCHICHTLICHES

Diesen Beruf gibt es noch nicht sehr lange. Erst seit ca. 200 Jahren. Früher hat man nicht lange herumgerätselt, wer der Täter sein könnte. Man hat kurzerhand dem verdächtigen Dieb die Hand abgehackt, dem vermeintlichen Lügner die Zunge herausgeschnitten und dem vermutlichen Mörder den Kopf entfernt.

Im Mittelalter wurde Gott in einem Gottesurteil befragt: der Verdächtige mußte z. B. barfuß über glühende Kohlen laufen. Hat er sich die Fußsohlen verbrannt, war er´s. Wenn nicht, war´s ein anderer.

Nur ein kleiner Fortschritt war es, als man dann später den Betroffenen selbst fragte. Allerdings in der Folterkammer. Gestand er, starb er am Scheiterhaufen, gestand er nicht, starb er an den Foltern.

Erst seit ca. 1800, zur Zeit des François (→) Vidocq, setzte man wissenschaftliche Methoden bei der Verbrecherfindung ein. (→Indiz, →Alibi, →Fingerabdruck, →Obduktion etc.) Die Beweise für die Schuld oder Unschuld eines Verdächtigen zusammenzutragen obliegt dem Detektiv. Erst das Gericht spricht den Angeklagten schuldig oder nichtschuldig.

ARTEN VON DETEKTIVEN

Der Unterschied zwischen Detektiv und Polizist liegt in der (→) Kleidung. Der Detektiv trägt Zivil, der Polizist Uniform. Von den Zivilen gibt es vier Arten:

1. Der staatlich angestellte Detektiv:

Er arbeitet bei der Kriminalpolizei (Kripo, Geheimpolizei, Geheime, Kieberer, → FBI) und beschäftigt sich ab und zu mit Mordfällen. Meistens füllt er Formulare aus, schreibt Berichte, verfaßt Protokolle, macht Erhebungen und ärgert sich über seine Vorgesetzten. Er bekommt monatlich sein Gehalt und ist pensionsberechtigt.

2. Der Privatdetektiv:

Er bekommt von irgendwelchen Leuten seine Aufträge. Er forscht nach entflohenen Wellensittichen, beschattet Frauen von eifersüchtigen Ehemännern, verfolgt Männer von eifersüchtigen Ehefrauen, sucht nach entlaufenen Söhnen, zieht Erkundigungen ein und ärgert sich über seine Auftraggeber. Als Bezahlung erhält er Tagessatz, Ausgaben und Erfolgsprämie. Stolpert er zufällig über eine Leiche, muß er sie bei der Kripo abgeben.

3. Der Hobbydetektiv:

Ihn gibt es hauptsächlich nur in Romanen. Er ist so reich, daß er nicht arbeiten muß, und beschäftigt sich aus lauter Langeweile, nur so zum Spaß, mit unaufgeklärten Morden. Er besorgt sich auf eigene Faust Informationen über den Fall, grübelt dann im Lehnstuhl darüber nach und weiß plötzlich, wer der Mörder ist. Berichtet er der Kripo darüber, ärgert sich diese grün und blau (weil sie nicht früher daraufgekommen ist). Tut er es nicht, macht er sich straffällig.

4. Der Minidetektiv:

Das bist du. Und fast alle deiner Altersgenossen sind es auch, wenigstens für kurze Zeit. (Erwachsene nennen das eine prä- oder postpubertäre Entwicklungsphase.) Aber so bist du eben: neugierig, wissensdurstig, tatenhungrig, abenteuerlustig, mutig und überzeugt, daß Gemeinheit aufgedeckt gehört und Gerechtigkeit siegen muß. (Schade, daß diese Eigenschaften nur auf pubertäre Phasen beschränkt sein sollen!) Später, wenn die Minis zu Maxis herangereift sind, werden nur die wenigsten Staats-, Privat- oder Hobbydetektive. Die meisten werden Friseusen, Versicherungsbeamte, Diplomkaufmänner, Lehrer, Astronauten, Bierbrauer, Politiker und Hebammen.

Zurück zur Gegenwart: Auftraggeber hast du keine, aber Ärger mit den Vorgesetzten. Es laufen dir keine Leichen über den Weg, aber ungelöste Fälle, erforschenswerte Geheimnisse und verdächtige Schufte gibt es genug. Dein Taschengeld liegt unter dem Existenzminimum.

DIKTAT

Dieses ist auch von Minidetektiven gewissenhaft zu lernen und möglichst auf ein Sehrgut zu schreiben (→Mord).

DILLINGER, JOHN

Er raubte Banken aus mit einer Häufigkeit und Nonchalance, wie andere ihren täglichen Wecken Brot kaufen. Aber er war höflich dabei. Mr. Dillinger grüßte artig und zog den Hut, während er dem Bankbeamten die Maschinenpistole an die Brust setzte. Gegenüber weiblichen Angestellten entschuldigte er sich wegen der verursachten Störung. Vielleicht war dies der Grund, daß er eine außergewöhnlich gute Presse hatte. Vielleicht auch, weil man damals (1930) die Polizei nicht besonders mochte. Die Presse verherrlichte Dillinger und dichtete ihm Überfälle und Episoden an, mit denen er nichts zu tun hatte. Ein Mythos wurde geschaffen. Es entstanden Dillinger-Fan-Clubs. Als es der Polizei gelang, ihn zu fassen, gab er Pressekonferenzen und Autogrammstunden in seiner Zelle. Seine Haft dauerte übrigens nicht lange. Mit einer Spielzeugpistole bewaffnet, spazierte er aus dem Gefängnis, das von einer Armee von Polizisten bewacht wurde. Die Fans applaudierten, Edgar Hoover, der Chef des (→) FBI schäumte.

20 000 Dollar wurden auf Dillingers Kopf ausgesetzt. Die Polizei hatte den Befehl "shoot first, then count to ten". (Und das , obwohl Dillinger nie einen Menschen umgebracht hatte.) Er wurde zum "Public Enemy Number One" erklärt. Die "Public" dachte anders. Viele Leserbriefe an Zeitungen nahmen Partei für Dillinger.

Trotz aller Sympathien, trotz seinem Witz und seiner Schnelligkeit wurde er nach einer Kinovorstellung von FBI-Beamten durch vier Schüsse in den Rücken getötet. Souvenirjäger tauchten ihre Taschentücher in die Blutlache des Getöteten. Bei seinem Begräbnis erschienen Massen, wie sonst nur bei Staatsoberhäuptern. FBI und Presse lagen noch lange danach im Clinch (→Gangster).

Verfilmt, mit Humphrey (→) Bogart als Dillinger.

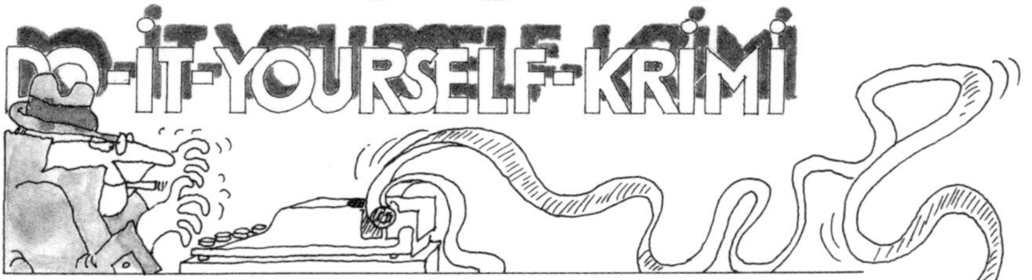

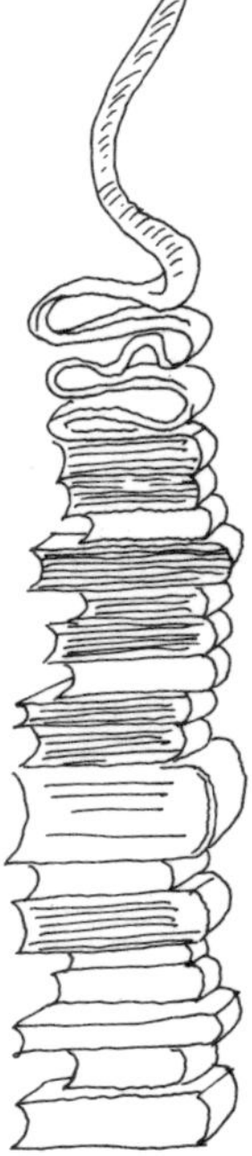

Good news, fans! Hier ist es, worauf ihr schon lange sehnsüchtig gewartet habt. Das sensationelle, erstmalig veröffentlichte, bisher streng gehütete Geheimnis vielschreibender Krimiautoren: Wie schreibt man schnell und locker einen bestsellerverdächtigen Kriminalroman? Wer möchte nicht auch, wie z. B. Erfolgsautor R. C., jeden Monat eine neue Folge (jetzt schon die 2483.) der Serie "Kommissar X und das Geheimnis der (des)......" auf den Markt werfen?

a) Der **Grundtext** bleibt immer unverändert. In die Lücken werden, unter Berücksichtigung der Numerierung, die
b) **Variablen** eingesetzt. Auswahl nach Laune. Bei Entscheidungsschwierigkeiten Würfel verwenden!
c) Schon in dem kurzen, angeführten Beispiel hast du 4 782 969 Möglichkeiten, deine Leser in Hochspannung zu versetzen.
d) Worauf wartest du noch?

Do-it-yourself-Krimi

Gleichbleibender Grundtext:

Es war 1)...................... ...., als 2)............ aus 3).................stieg. Er steckte 4)................. Plötzlich vernahm er 5)........ ....aus 6)............... ....! Als 7)........... reagierte er blitzschnell und rannte 8)..................... Bei 9)...........blieb er wie angewurzelt stehen. Was er sah, ließ 10).................... In 11)............lag 12)..... ....Im nächsten Augenblick verspürte er 13).............. im Nacken. Eine heisere Stimme flüsterte:" 14)..............!" usw.

Einsetzbare Variablen:

(1) eine stockdunkle Nacht
neblig und regnerisch
glühend heiß
usw.

(2) Inspektor Bumbum
Kommissar X
Privatdetektiv Rudolf
usw.

(3) dem Taxi
dem Streifenwagen
der Badewanne
usw.

(4) seine Pfeife in Brand
die Hände in die Manteltaschen
den Finger in die Nase

(5) einen markerschütternden Schrei
das Rattern einer Maschinenpistole
das Brüllen King-Kongs
usw.

(6) der Hafengegend
einem Kanalgitter
dem Transistorradio

(7) durchtrainierter Karatemeister
geübter 100-m-Läufer
erfahrener Schachspieler
usw.

(8) zum vermutlichen Tatort
weg
in einen unbeleuchtet abgestellten Kohlenkübel

(9) einer dunklen Kellerstiege
einem verwahrlosten Hinterhof
m Kühlschrank
usw.

(10) sein Blut in den Adern gefrieren
ihn aufstöhnen
ihn kalt

(11) einer Blutlache
einem Abfalleimer
einer Whiskeyflasche

(12) eine Leiche
ein tibetanischer Dolch
sein Gebiß

(13) einen harten Revolverlauf
heißen, nach Gin riechenden Atem
Bauchschmerzen

(14) Flossen hoch
(Fortsetzung folgt)
Vergiß nicht, dir die Zähne zu putzen

Nicht ganz so arg, aber entfernt ähnlich entsteht literarische Massenware. Du kennst sie doch, die broschürten Krimis, die durch Jahre wöchentlich oder monatlich erscheinen. Verschiedene Leichen zieren das Titelblatt, doch der Inhalt bleibt mehr oder weniger derselbe. Ein (meist bekannter) Autor stellt seinen Namen zur Verfügung, die Geschichten aber schreiben viele verschiedene Schriftsteller. Ghostwriters nennt man sie.

Hier einige der berühmtesten Groschenroman-Detektive, die schon Tausende Abenteuer bestanden haben:

Nick Carter (USA), Sexton Blake (England), Rolf Torring (†), Jerry Cotton (Deutschland), Kommissar Wilton (Österreich).

DOYLE, SIR ARTHUR C.

Englischer Klassiker des Detektivromans. Erfinder des Meisterdetektivs Sherlock Holmes (→berühmte Detektive). Hatte das Pech (oder Glück), daß seine Romanfigur berühmter wurde als er selbst. Die Lektüre seiner Geschichten ist ein Muß für jeden zukünftigen Detektiv.

Doyle war Arzt, Schriftsteller, aber auch Mörder. Der Mörder von Sherlock Holmes, den er brutal einen tosenden Wasserfall hinunterstürzen ließ (Sherlock Holmes´ Untergang). Seine Leserschaft stieß einen Schrei der Entrüstung aus. Es soll sogar Leute in London gegeben haben, die Trauer trugen. Doyles lahme Entschuldigung, er wolle auch etwas anderes schreiben als Detektivgeschichten, wurde nicht angenommen. Er mußte dem Druck nachgeben und den Meister wieder zum Leben erwecken (Sherlock Holmes´ Rückkehr).

ERPRESSUNG

(englisch: blackmail)

Zwei Beispiele für Erpressung:

Die zwei aufgezeigten Beispiele beweisen klar, wie gemein Erpressung ist und in welch hilfloser Lage sich das Opfer befindet. Erpressung ist strafbar, aber aus Furcht, das eigene Vergehen aufzudecken, bleibt der Erpresser meist ungestraft. Oft wendet sich das verzweifelte Opfer an einen Privatdetektiv. Ein heikler Job!

FORTSETZUNG AUF S.48

FALSCHGELD

Auf vielen Banknoten steht, daß die Nachahmung derselben gesetzlich verboten ist. Der Fälscherbande kostet dies bestenfalls ein ironisches Lächeln, und man geht munter an die Arbeit. Der Staat als Geldhersteller versucht ihnen die Arbeit so schwer wie möglich zu machen: besonderes Papier, Wasserzeichen, eingegossene Metallstreifen, komplizierte Muster und Farben. Trotzdem gelingt es Fälschern immer wieder, Geldscheine herzustellen, die sich von den echten kaum unterscheiden lassen. Perfekte Kopien sind allerdings nicht möglich. Irgendein winziger Unterschied, der oft nur von Spezialisten mit technischen Hilfsmitteln feststellbar ist, ist immer vorhanden.

Geldfälscher sind sehr schwer zu fassen, da eine Banknote oft durch viele Hände geht, ehe sie als falsch erkannt wird. (→) Interpol beschäftigt sich mit Fälschern, da Banden meist eine Organisation aufgezogen haben, die in mehreren Ländern operiert.

Gefälschte Banknoten heißen in der Gaunersprache "Blüten".

FBI

Das Efbiai ist die staatliche amerikanische Kriminalpolizei (Federal Bureau of Investigation). Es beschäftigt sich mit Kapitalverbrechen (Mord), Spionageabwehr und leitet die Zentrale des Erkennungsdienstes: Im Jahre 1987 befanden sich in ihrer Sammlung 185 458 024 Fingerabdrücke. Die (→) G-men (so werden FBI-Beamte genannt) bedienen sich bei ihrer Arbeit oft krimineller Methoden und sind bei den amerikanischen Bürgern eher gefürchtet, als daß man in ihnen den Freund und Helfer sieht.

J. Edgar Hoover, Direktor des FBI (1924-1972)

FERNSEHKRIMI

*Bezahlte Werbung

Papa, Mama, Klein Erwin (er ist 15) und Eva-Maria freuen sich schon auf die 378. Folge des Fernsehkrimis "Die Straßen von Fran Sancisco". Eva-Maria ist zwar erst 12, aber weil sie übermorgen Geburtstag hat, darf sie ausnahmsweise auch.

Papa ist schon im Schlafrock und Hausschuhen und hat sich ein paar Bierchen neben den Lehnstuhl gestellt. Mama richtet noch schnell etwas zum Knabbern. Chips und ein Päckchen Soletti. (Soletti ist immer dabei!*) Vielleicht einige belegte Brötchen? Ja, warum nicht? Die Straßen von F. S. sind steil, und da braucht man schon etwas Stärkung. Also Brötchen. Klein Erwin fetzt

noch schnell seine Mathes-Aufgabe ins Heft. Eva-Maria hat sich am Boden in einen Berg von Polstern gekuschelt und streichelt die Katze. Ja, so richtig gemütlich ist es. Da gruselt es sich am besten. So ist es direkt ein Genuß, wenn der rauhe Wind der Unterwelt Gänsehaut erzeugt und heiße Verbrechertypen kalte Schauer über den Rücken jagen.

Da geht es auch schon los. Peng, peng! "Ekelhaft, diese Gangster!" murmelt die Mama und schiebt ein Brötchen in den Mund. Ein mit Mayonnaise bekleckstes Essiggürkchen fällt auf den Teppich. Sie bemerkt es nicht. Krach, bum! Da - der Kommissar schlägt einen zu Boden! "Bravo", meint der Papa, "die einzige Art, mit diesen Typen umzugehen!" und spült mit einem Schluck Bier die Soletti hinunter. (Soletti ist immer dabei!*) Stöhn, röchel! Der erste Tote flimmert am Bildschirm. Klein Erwin kaut abwechselnd an Chips und Fingernägeln. Poing, poing! Der Kommissar ist in Schwierigkeiten. Eva-Maria versteckt sich hinter den Polstern. Kaboooom! Mein Gott! Das darf doch nicht wahr sein! - Na ja. Gott sei Dank! Da hat der Kommissar aber Glück gehabt. Und Mut! Dem Tüchtigen gehört eben die Welt. Da braucht sie noch ein Brötchen, die Mama. Klein Erwin schiebt Chips in den Mund. Die Fingernägel sind ihm ausgegangen. Eva-Maria muß aufs Klo. Kein Wunder, bei der Aufregung. Papa öffnet noch ein Bierchen, gähnt und schläft ein bißchen ein. Kein Wunder, bei der Aufregung. Aber er erwacht noch rechtzeitig zur üblichen Ver-

*Bezahlte Werbung

folgungsjagd. Da wird gezeigt, wie man Auto fährt. Verkehrserziehung - eine lahme Sache. Da quietschen die Räder, kreischen die Bremsen, scheppert das Blech. Quietsch, kreisch! Herrlich, wie das brennende Gangsterauto den Hang hinunter kollert. Ende. Sie sahen...

Schön war´s! So richtig gemütlich. Und nächste Woche wieder. Die 379. Folge. Nun aber ins warme Bettchen. Husch, husch! Kuschel, kuschel! Wie gut, daß uns die brave Polizei vor den bösen Verbrechern beschützt. Da schläft sich´s gleich viel besser.

Die Pointe der Geschichte? Keine. Genauso wie die unzähligen Folgen der unzähligen Krimiprogramme keine Pointe haben. Sie haben im Gegensatz zu dieser Geschichte auch keine Ähnlichkeit mit der Wirklichkeit.

Wenn ein halbwegs normaler Schüler das Gedicht hört "In die Schule geh ich gern, weil ich dort was Rechtes lern !" denkt er sich nur eines: So ein Käse! Wenn ein Detektiv einen Fernsehkrimi sieht, denkt er sich: Da geh ich fast noch lieber in die Schule, auch wenn ich dort nichts Rechtes lern .

FINGERABDRÜCKE

Die feinen Rillen an den Fingerspitzen (Papillarlinien) sind bei jedem Menschen verschieden und ändern sich das ganze Leben nicht.

Fingerabdrücke

FINGERABDRUCK VON BABY KING KONG. LINKES HÄNDCHEN, KLEINES FINGERSPITZLEIN.

Wird ein Gegenstand mit glatter Oberfläche (Revolvergriff etc.) berührt, bleibt unsichtbar ein Fingerabdruck zurück. Auf solche Gegenstände, wenn sie z. B. mit einem Mord in Verbindung stehen, streut der Detektiv feines schwarzes Pulver, drückt Papier darauf und erhält somit einen sichtbaren Abdruck. Den vergleicht er mit den Abdrücken in der Verbrecherkartei. (Von jedem verurteilten Verbrecher gibt es eine Karteikarte mit Bild, Fingerabdrücken etc.) Hat der Beamte Glück und findet einen gleichen Abdruck, dann ist der Fall der Lösung nahe. Wenn nicht, dann versucht er, von verdächtigen Personen die Fingerabdrücke zu bekommen. Ein Stempelkissen und ein Stück Papier genügen dazu.

In der Detektiv-Geheimsprache heißt das Ganze Daktyloskopie!

Für Minidetektive, die knapp mit dem Taschengeld sind, hier eine billige Methode, unsichtbare Fingerabdrücke von glatten Flächen abzunehmen:

Man braucht dazu Rußpulver (ist kein Ofen vorhanden, Löffel mit Kerzenflamme schwärzen), einen weichen, dicken Haarpinsel, eine selbstklebende Klarsichtfolie.

1. Rußpulver mit Haarpinsel locker auf der verdächtigen Stelle auftragen, bis Fingerabdruck sichtbar wird!
2. Restlichen Ruß wegblasen!
3. Ein Stück Klarsichtfolie über den Abdruck kleben, leicht anpressen!
4. Folie abziehen und auf weißes Papier kleben!
5. Beschriften! (Ort, Zeit.) Nun ist die Spur gesichert.

Mach zuerst einige Versuche mit deinen eigenen Abdrücken auf einer Glasplatte, ehe du dich profimäßig an die Arbeit machst.

GANGSTER

Ort: Mittelwesten der USA
Zeit: 1930

Ein schwarzer Ford parkt vor dem Bankportal. Drei Männer in Schlapphüten steigen aus, Maschinenpistolen in den Händen. Der Fahrer bleibt im Auto, der Motor läuft. Einer bleibt mit der Waffe im Anschlag vor dem Portal stehen. Die beiden anderen betreten die Bank und erklären, daß es sich um ein kleines "Holdup" handelt. Völlig ungefährlich, wenn sich jeder benimmt. Irgendwo geht eine Alarmsirene ab. Das stört die Gangster nicht im geringsten. Einer hält das Bankpersonal mit der Maschinenpistole in Schach, der andere stopft seelenruhig das Geld in Säcke. Vor dem Gebäude hat sich Polizei und eine große Menschenmenge versammelt. Mit Geiseln vor sich verlassen die Gangster die Bank. Die Menge applaudiert, und einige rufen: "Bravo!" Um die Show etwas dramatischer zu gestalten, schießt einer der Gangster eine Salve über die Köpfe der Polizisten. Ratatatatatat! Gekreisch, Scherben klirren, jeder sucht Deckung. Geldsäcke und Geiseln werden ins Auto gestopft, und ab geht es mit quietschenden Reifen. Vor der Stadt werden die Geiseln entlassen und bekommen Geld für die Busfahrt nach Hause.

Ein Banküberfall im (→) Dillinger-Stil.

"Tri-State-Terror"

"Three-finger Jack"

Edna Murray,
"the kissing bandit"

Um diese Zeit, der Blütezeit des Gangsterwesens, herrscht große Armut in den USA. Es ist die Zeit der großen Depression. Millionen sind arbeitslos, hungrig und verzweifelt. "Gangster schauen" ist die billigste Form der Unterhaltung. Zeitung und Radio machen Verbrecher zu Helden und liefern täglich neue, spannende Fortsetzungsgeschichten.

Arbeitslose haben kein Geld auf der Bank, warum böse sein, wenn diese ausgeraubt wird? Bankraub ist ein Job wie jeder andere, nur besser bezahlt wegen des großen Risikos. Die Polizei ist nicht beliebt, sie schützt die Reichen. Das war die Einstellung vieler Menschen.

Gangs und Gangster wachsen wie Pilze aus dem Boden. Sie kommen fast alle aus Farmerfamilien. Dort ist die Armut besonders groß. Die erfolgreichen Gangster bekommen Spitznamen, die sie mit Stolz tragen - wie einen Orden für besondere Tapferkeit. Hier einige der Bekanntesten:

"Shotgun" Ziegler
"Slim" Grey
"Christ Kid"
"Charley Potatoes"
"Machine Gun" Kelly
"Lapland Willie"
"Baby Face" Nelson
"Pretty Boy" Floyd
"Killer" Karpis
"Boss" McLaughlin
Edna Murray, "the kissing bandit"
"Old Man" Dunlop

"Boss" McLaughlin

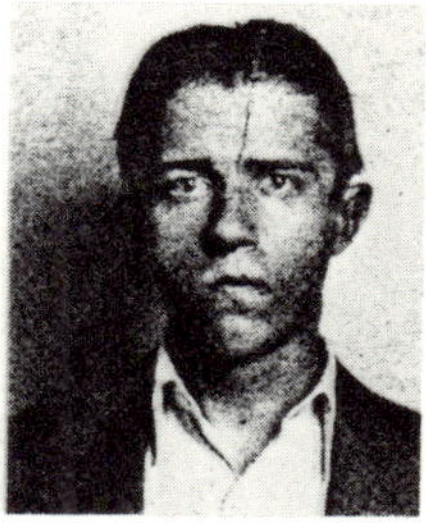
"Killer" Karpis

"Pretty Boy" Floyd

"Baby Face" Nelson

"Machine Gun" Kelly

"Chi Slim"
"Big Fitz"
"Alfalfa Bill"
"Phoenix Donald"
"Three-finger Jack" Hamilton
"Fat Charley" Makley
"Tri-State-Terror" Underhill
"Bill-the-Kill" Miller
"Fatso" Negri

Mit dem Ende der Depression und mit Hilfe des FBI verschwindet dieser Typ des Gangsters fast gänzlich. Nur die Maschinengewehreinschüsse an einigen Fassaden sind heute noch als Touristenattraktion zu sehen. Die Löcher wurden sorgfältig präserviert und die Häuser zu historischen Denkmälern erklärt.

Die großen Verbrecherorganisationen wie die Mafia wurden weder von der Depression noch vom FBI in ihren einträglichen Unternehmungen gestört.

Der sprachlich interessierte Minidetektiv unterscheidet:
Gangster: Allgemein Verbrecher, besonders der eben beschriebene Typ.
Mobster: Mitglied einer großen Verbrecherorganisation.
Teamster: Gewerkschaftlich organisierter Fernfahrer.

Weitere Info zu diesem Thema: (→) Capone, Mafia, Dillinger, Ma Barker, Bonnie & Clyde, FBI, G-men.

FORTSETZUNG AUF SEITE 57

GEHEIMSCHRIFT

Der berühmte Detektiv Auguste Dupin (→ berühmte Detektive) saß an seinem Schreibtisch und starrte auf ein Blatt Papier:

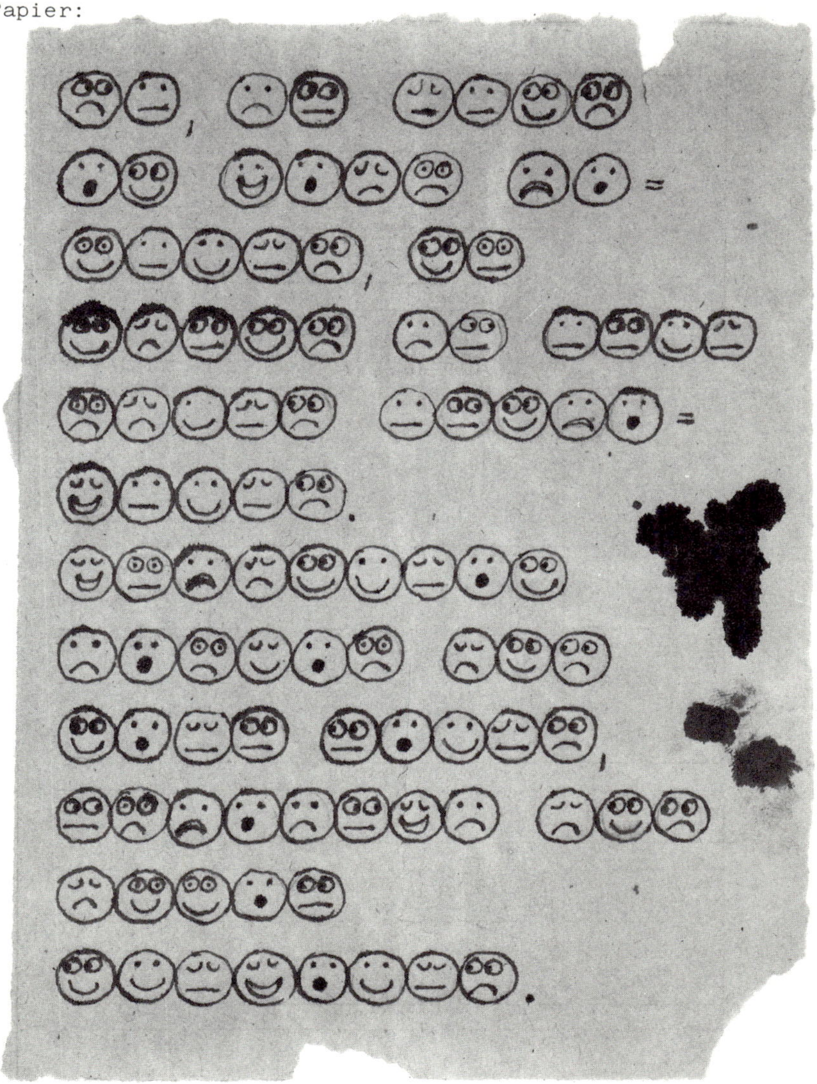

Er hatte es von einem österreichischen Kollegen bekommen, der es bei einer (→) Hausdurchsuchung gefunden hatte, aber nichts damit anzufangen wußte. Auch Dupin dachte zuerst, es sei eine Kritzelei, eine Spielerei von einem Kind oder etwas Ähnliches. Bei längerem Hinsehen jedoch ahnte er, später wurde es ihm Gewißheit, daß dies eine Botschaft war, in Geheimschrift abgefaßt.

Nun klemmte sich der berühmte Detektiv dahinter und dachte, kombinierte, analysierte und probierte, daß selbst vollintegrierte Computerschaltkreise durchgeschmolzen wären, hätten sie da mithalten wollen. (So etwas gab es damals aber ohnehin noch nicht.)

Und er fand die Lösung. Er enträtselte diese Botschaft allein, ohne Hinweise und Hilfsmittel. Er ging von folgenden Grundsätzen aus:

1. Es gibt keine Geheimschrift, die nicht zu entziffern wäre.
2. Jedes Zeichen steht für einen Buchstaben. Gleiche Zeichen sind daher gleiche Buchstaben.
3. Die Zeichen zwischen zwei Abständen bilden ein Wort.
4. Die Botschaft ist in deutscher Sprache abgefaßt.
5. Der häufigste Buchstabe in deutschen Texten ist das E. An zweiter Stelle folgt S, dann H und schließlich T. (Mit dieser Tatsache kann er nach Abzählung der Zeichen bereits die Buchstaben E, S, H, T einsetzen.)
6. Zuerst bei kurzen Wörtern oder bei Wörtern, wo der Großteil der Buchstaben vorhanden ist, zu rätseln beginnen!
7. Jeden neugefundenen Buchstaben im gesamten Text einsetzen!
8. Geduld, Geduld, Geduld, Geduld, Geduld, Geduld, Geduld.

WARNUNG

Nur wirklich scharf denkende Meisterdetektive mit eiserner Geduld sollten sich über diese Aufgabe wagen! (Gehirnwindungsverwicklungsgefahrmöglichkeit!)
(→Lösung des Falls.)

ÜBRIGENS

Geheimschrift

In allen großen Polizeihauptquartieren gibt es Abteilungen und Spezialisten für Dechiffrierung (Entzifferung). Computer helfen bei der Arbeit, und oft dauert es nur kurze Zeit, bis der komplizierte Code (System einer Geheimschrift) geknackt ist.

Von Caesar ist bekannt, daß er ein um drei Buchstaben verschobenes Alphabet zur Verschlüsselung von Nachrichten verwendete. Weil dabei die Reihenfolge der Buchstaben nicht verändert wird, kann ein solches Kryptogramm sehr einfach decodiert werden.

Die "Schlüsselmaschine" Caesars war eine verdrehbare Scheibe. Wir ersetzen sie durch zwei Blätter kariertes Papier. Auf das erste Blatt (Längsseite, Din A4) schreiben wir in eine Zeile zweimal das Alphabet, an den oberen Rand des zweiten Blattes einmal das Alphabet. Das zweite Blatt wird über das erste gelegt, sodaß die Alphabete untereinander stehen.

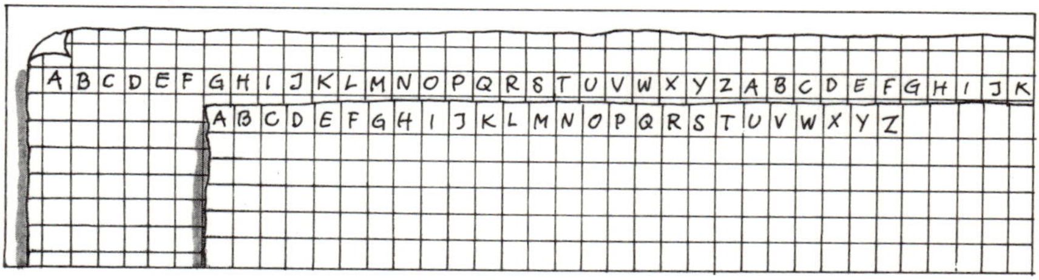

Das erste Blatt zeigt den verschlüsselten Buchstaben, das zweite den Klartext. Wir verschieben das zweite Blatt so weit nach rechts, daß z. B. das A unter dem G steht (Schlüsselbuchstabe "G").

Der Klartext "WIR KOMMEN MORGEN ABEND"
verwandelt sich in "COX QUSSKT SUXMKT GHKTJ"

Hier ein ganz einfaches Code-Knacker-Programm für computerbesessene und -besitzende Minidetektive (nur für den "Caesar-Code" geeignet):

Von der sogenannten "Frequenzanalyse" (=Buchstabenhäufigkeit) ist für unser Programm nur die Tatsache wichtig, daß E der häufigste Buchstabe ist. Das Computerprogramm liefert in einem solchen Fall sofort den Klartext. (Sonst bietet es weitere Lösungen an; wenn im Text überhaupt kein E vorhanden ist, gibt es auf.)

Das Computerprogramm verlangt in Zeile 140 die Eingabe des verschlüsselten Textes (ohne Zwischenräume!). In den Zeilen 160 bis 230 ermittelt der Rechner das häufigste Zeichen und nimmt an, es sei ein E. Aufgrund dieser Annahme berechnet das Programm die Verschiebung des Alphabets und gibt eine Lösung aus (Zeile 250 und folgende).

Im obengenannten Beispiel liefert der Computer tatsächlich auf Anhieb die richtige Lösung.

Hätten wir nur "COXQUSSKT" eingegeben, würde die erste Lösung "OAJCGEEWF" lauten. Wenn wir diesen Versuch ablehnen, löscht der Computer sein bisher vermutetes E und ersetzt es durch das nächsthäufigste Zeichen, so lange, bis wir zufrieden sind. In unserem Beispiel ist der dritte Lösungsvorschlag der richtige. Die Eingabe von "COX"-"WIR" enthält kein E, daher scheitert das Gerät. (Zeile 240. Für Freaks ist das sehr leicht zu ändern.)

Bei längeren Texten ist das Programm, was die Schnelligkeit der Lösung betrifft, fast unschlagbar. Ist E nicht das häufigste Zeichen, so genügt letztlich ein einziges E, um es zu einer Lösung kommen zu lassen.

```
100 REM DECODIERUNG DES "CAESAR - CODES"
110 REM DIESE VERSION IST IN CASIO FP-200 BASIC GESCHRIEBEN
120 REM COPYRIGHT BY W.ZWANGSLEITNER, 14.1. 1987
130 CLS:CLEAR
140 INPUT "VERSCHLUESSELTER TEXT OHNE ZWISCHENRAEUME ";T$
150 DIM Z(26)
160 FOR I=1 TO LEN(T$)
170 NR=ASC(MID$(T$,I,1))-64
180 Z(NR)=Z(NR)+1
190 NEXT I
200 MAX=0
210 FOR I=1 TO 26
```

```
220 IF Z(I)>MAX THEN MAX=Z(I):NUM=I
230 NEXT I
240 IF MAX=0 THEN PRINT "TEXT ENTHAELT KEIN "E";KEINE
    LOESUNG MOEGLICH":END
250 VER=NUM-5
260 PRINT:PRINT
270 PRINT "LOESUNGSVERSUCH:":PRINT
280 FOR I=1 TO LEN(T$)
290 NR=ASC(MID$(T$,I,1))-VER:IF NR<65 THEN NR=NR+26
300 PRINT CHR$(NR),
310 NEXT I
320 PRINT
330 INPUT "LOESUNG RICHTIG(J/N)",I$
340 IF I$<>"J" THEN GOTO 360
350 END
360 Z(NUM)=0
370 GOTO 200
```

GIFT

Giftmorde sind häufig. Besonders unter den Selbstmördern: starke Trinker, Kettenraucher, Rauschgiftler, Tablettenschlucker, Zuckerlesser (Gift für Zähne).

Unter den Giften, die von den (nicht Selbst-) Mördern verwendet werden, finden sich besonders häufig:

- (→) Arsen
- Blausäure
- Coniin
- E-605
- Knollenblätterpilz
- Strychnin
- Thallium
- Veronal
- Zeliopaste
- Zyancali

Da diese Gifte (die anderen schon) nicht so leicht beim Kaufmann um die Ecke erhältlich sind, richtet sich der Verdacht des Detektivs hauptsächlich auf Personen, die Zugang zu Giften haben: Ärzte, Hexen, Krankenschwestern, Apotheker, Chemiker, Weinpantscher, Zahnärzte, Laborgehilfen, Gärtner und Bauern (Insektenvertilgungsmittel), Hausfrauen und Magazineure (Rattengift), Drogisten, Schlangenzüchter, Putzfrauen (chemische Reinigungsmittel), Lebensmittelhersteller (chemische Zusätze), Autofahrer (Giftige Abgase), Schwammerlsucher, Kräutersammler und Tante Klara ("Heute ist sie aber wieder giftig").

Darum merke: Jeder ist verdächtig, sogar der Detektiv selbst!

Der Toxikologe ist der Spezialist unter den Detektiven, der bei Giftmorden zu Rate gezogen wird.

G-MEN

G(overnment) men; G-men sind Detektive der amerikanischen geheimen Staatspolizei. Geheimnisvoll, gefürchtet und quick with the gun.

Die Bezeichnung "G-men" wurde zum ersten Mal von Gangster "Machine Gun" Kelly verwendet, als er von (→) FBI-Beamten umstellt wurde. "Don't shoot, G-men!" rief er.

Ein anderer Unterweltname für FBI-Beamten ist "Feds" (Federal agents).

HAMMETT, DASHIELL

Amerikanischer Krimischreiber. An seinen Geschichten klebt viel Blut. Schöpfer der Privatdetektive Sam Spade und Nick Charles. Hammett war selbst viele Jahre lang (→) Pinkerton-Detektiv.

Seine wichtigsten Romane: Rote Ernte, Der gläserne Schlüssel, Das große Umlegen, Der Malteser Falke (→ Bogart, Humphrey), Der dünne Mann, Das Dingsbums Küken.

HAUSDURCHSUCHUNG

Ein Detektiv oder Polizist kann nicht so ohne weiteres die Wohnung eines Verdächtigen betreten und dort nach Beweisen oder belastendem Material wühlen. Dazu braucht er einen vom Untersuchungsrichter ausgestellten Hausdurchsuchungsbefehl, den er dem Wohnungsinhaber vorzulegen hat. Jetzt erst darf er die Wohnung auf den Kopf stellen.

Inzwischen jedoch hat der Verdächtige alle Mordwaffen, verdächtige Briefe, Kleidung mit Blutspuren oder Schuhe, die am Tatort Abdrücke hinterlassen haben, längst beiseite geschafft. Der Polizeibeamte wird vergeblich wühlen.

Anders geht daher der erfahrene Detektiv vor. Er sucht sich eine (→) Verkleidung, die ihm leicht Zutritt in ein Haus verschafft (Rauchfangkehrer, Elektriker, Putzfrau, Weglegkind, Babysitter, Erbtante etc.). In unbeobachteten Augenblicken sucht er nun in verstopften Abflußrohren, hohlen Klosettbrillen, in Nudelwalkern mit Geheimfächern, getarnten Mauselöchern und dreckigen Unterhosen nach wertvollen Hinweisen.

Mit geübtem Adlerblick entdeckte hier Privatdetektiv H. die versteckte Leiche. Du auch? (→ Lösung des Falls.)

HIMES, CHESTER

Er weiß, worüber er schreibt. Er ist schwarz, Amerikaner und saß zwanzig Jahre im Knast wegen Raubüberfalls. Chester Himes schreibt Krimis über Harlem, die schwarzen Slums von New York. Du suchst vergeblich nach Helden in seinen Büchern. Zwar gibt es zwei schwarze Detektive, Grave Digger Jones und Coffin Ed Johnson, aber sie spielen Nebenrollen. Wichtig ist irgendein zufällig herausgegriffener Slumbewohner. Zum Beispiel Jackson: Er ist dick, kurzbeinig und nicht sehr hell auf der Platte. Er schwitzt leicht und macht in die Hose, wenn er Angst hat. Er gehört nicht zu den Guten noch zu den Bösen, sondern er läuft um sein Leben.

Und wir laufen mit ihm, in dieser "dog eats dog world".

Einige seiner Werke: Blind mit einer Pistole, Fenstersturz in Harlem, Harlem dreht durch, Heroin für Harlem, Lauf, Nigger, lauf!

HITCHCOCK, ALFRED

Er ist der unübertroffene Großmeister des Kriminalfilms, des Thrillers. Der gebürtige Engländer drehte in Amerika viele Filme, die nichts für nervenschwache Kinobesucher sind. Seine wichtigsten Filme: Psycho, Die Vögel, Der zerrissene Vorhang, Familiengrab.
ACHTUNG: Der Name Hitchcock wird vielfach für Werbezwecke verwendet. Etliche Kriminalromane, besonders solche für Jugendliche, führen seinen Namen, obwohl er selbst kein Schriftsteller ist.

INDIZIEN

Die Indizien weisen auf den Täter.

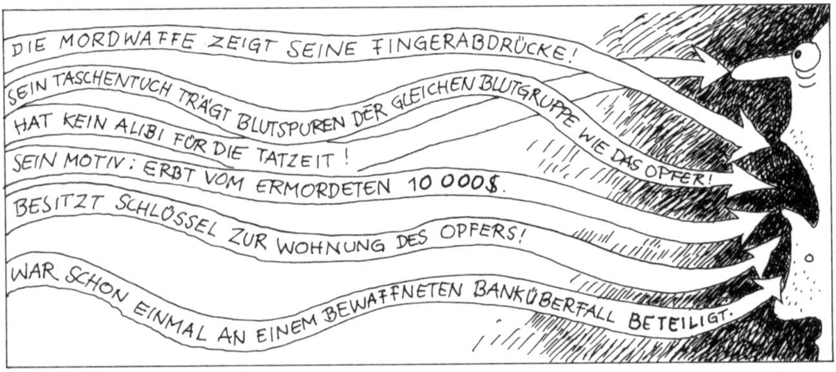

Aber war er es wirklich? Die Indizien sprechen dafür. Jedoch hat der Verdächtige kein Geständnis abgelegt. Wie wird das Gericht entscheiden? Es kann ihn aufgrund der Indizien verurteilen, aber auch aus Mangel an Indizien freisprechen.

Indizien sind strenggenommen kein Beweis. Sie können trügen:

Der erfahrene Detektiv wählt vorsichtig die Indizien, überprüft, ob sie hieb- und stichfest sind, und fügt sie zu einer lückenlosen Indizienkette zusammen, die beweiskräftig ist.

Merke: Beschuldige niemanden, ~~wenn du es nicht beweisen kannst!~~ der dich verhauen kann!!

INTERPOL

Abkürzung für INTERnationale POLizei. Wurde 1923 gegründet und hat ihren Sitz in Paris.

Freddy the Freak hat wieder einmal eine Bank in Chicago ausgeraubt. Mit einer Beute von 3 Millionen Dollar sitzt er zufrieden im Flugzeug nach Mexico City. Ihm kann nichts mehr passieren. Die amerikanische Grenzkontrolle am Flughafen hat er ohne Schwierigkeiten passiert und die in Mexico - das ist ein anderes Land, andere Polizei, die geht der Bankraub in den USA gar nichts an, und überhaupt wissen die gar nichts davon. So denkt und irrt er. Das Polizeihauptquartier in Chicago hat bereits die Interpolbüros in allen Ländern informiert: Name, Foto, Fingerabdrücke, Höhe der Beute.

Ahnungslos und vergnügt pfeifend, steigt er in Mexico City aus dem Flugzeug. Aber schon legt sich die schwere Hand des mexikanischen Detektivs Nico Knattertono auf seine Schulter, und ein Revolverlauf bohrt sich in seinen Rücken. "Vamos, Señor!"

Interpol beschäftigt sich hauptsächlich mit (→) Rauschgifthandel, (→) Falschgeld und internationalen Verbrecherorganisationen (→ Mafia). Kleine Fische wie Freddy werden mit dem kleinen Finger der linken Hand erledigt.

Nicht alle Staaten der Welt sind Mitglieder von Interpol. Daher gelingt es geschickten Verbrechern immer wieder, dem langen Arm der Polizei zu entwischen (→ Crime doesn't pay).

JACK THE RIPPER

Vor zirka 80 Jahren schlich durch London ein geisteskranker Mörder. Jack the Ripper nannte ihn die panikerfüllte Bevölkerung. Mit einem Messer schlitzte er seinen Opfern den Bauch auf. Viele starben auf diese Weise, doch die Polizei konnte seiner nie habhaft werden.

Die Opfer sind des Mitleids sicher. Doch den Mörder sollte unser Zorn nicht treffen: Welch bedauernswerter Mensch, dessen Lebensglück im Aufschlitzen von Bäuchen besteht. Unser Zorn soll die Regisseure treffen, die diese Unappetitlichkeit auch noch verfilmt haben.

JAMES BOND

Es gibt ihn schon seit 1953 in den Romanen von Ian Fleming. Berühmt wurde er aber erst in den Filmen mit Sean Connery: James Bond, britischer Geheimagent 007. Tadellos gekleidet, frisch gewaschen und rasiert, ordentlich gekämmt und gut riechend kämpft er gegen die schmutzigen Tricks feindlicher (→) Agenten und gegen Erzbösewichte von Weltformat. Mit eiskalter Logik, messerscharfer Kombinationsgabe und blitzschneller Reaktion hat er bis jetzt noch immer gewonnen. Z. B. in "Du lebst nur zweimal", "Goldfinger", "James Bond jagt Dr. No", "Liebesgrüße aus Moskau", "Octopussy", "Sag niemals nie" ...

Falls der cineastische Minidetektiv (natürlich aus rein beruflichem Interesse) einen James-Bond-Film analysieren möchte und die Vorgesetzten legen sich quer, so hilft vielleicht das Argument, daß J. F. Kennedy begeisterter Bond-Fan war und trotzdem Präsident der USA wurde.

Der Autor Ian Fleming äußert sich in einem Brief an Raymond (→) Chandler allerdings etwas abfällig über seine Romane: "...a pillow phantasy of the bang-bang, kiss-kiss variety..."

Autor
(Ian Fleming)

James Bond
(Sean Connery)

James Bond
(Roger Moore)

James Bond
(George Lazenby)

James Bond
(Timothy Dalton)

James Bond
(   )

James Bond
(   )

James Bond
(   )

Platz zum Einkleben zukünftiger James-Bond-Darsteller!

KIDNAPPING

Am 1. März 1932 bringt um 8 Uhr abends die Familie Lindbergh ihren eineinhalbjährigen Sohn Charles zu Bett. Die Lindberghs sind reiche, angesehene und berühmte Leute (Lindbergh führte 1927 den ersten Alleinflug von New York über den Atlantik nach Paris durch). Sie wohnen auf einem Landsitz in New Jersey.

Um 10 Uhr entdeckt das Kindermädchen, daß das Kind fehlt. Auf dem Fensterbrett zum Kinderzimmer liegt etwas Gartenerde und ein Brief, der besagt, daß das Kind gestohlen wurde und gegen ein Lösegeld den Eltern unversehrt zurückgegeben werde. Die Entführer würden sich später wieder melden, um die Höhe der Summe und die Übergabebedingungen festzulegen. Eine selbstgebastelte Leiter, die genau ins Kinderzimmer im ersten Stock reicht, wird hinter dem Haus gefunden. Die Entführer arbeiteten mit Handschuhen, daher keine Fingerabdrücke.

Am nächsten Tag stürmt ein Heer von Polizisten, Detektiven und Geheimagenten das Landhaus, um an dem Fall zu arbeiten. Wahrscheinlich verschreckt, lassen die Entführer nichts von sich hören. Tage vergehen. Das Landhaus gleicht einer Polizeikaserne. Zeitungen berichten täglich in riesigen Schlagzeilen.

Endlich die erste Kontaktaufnahme der Kidnapper. Die El-

Mr. und Mrs. Lindbergh

Charles Lindbergh

tern hinterlegen an der vereinbarten Stelle mehrere tausend Dollar. Das Kind bleibt verschwunden. Wochen vergehen. Wieder bezahlen die Lindberghs, ohne ihr Kind zu bekommen.

Sämtliche Detektive Amerikas scheinen auf der Suche nach den Verbrechern zu sein. Selbst die großen Mafiabosse machen sich erbötig, ihre Kontakte zur Unterwelt zu nutzen und nach dem Kind und seinen Entführern zu suchen.

Am 12. Mai, acht Wochen nach der Entführung, wird der kleine Charles Lindbergh tot in einem nahen Wald gefunden. Tot durch einen Schlag auf den Kopf. Tot schon seit wenigen Tagen nach seiner Entführung. Die Kidnapper wurden nie ergriffen.

Dies ist ein berühmter und leider wahrer Fall von Kidnapping. Auch Erwachsene werden "gekidnapped", und für ihre Freilassung wird Lösegeld erpreßt. Ein modernes Wort dafür ist "Geiselnahme" (→Terrorismus).

Auf diese Art von Verbrechen steht die Höchststrafe.

KLEIDUNG

Die Kleidung des Detektivs muß unauffällig sein. Es empfiehlt sich ein knielanger, grauer Staubmantel, durch einen breiten Gürtel tailliert, mit stets aufgestelltem Kragen. Der graue Filzhut mit breiter Krempe wird tief in die Stirne gezogen. (Für den traditionell-modebewußten europäischen Detektiv kann auch eine graukarierte Schiebermütze/Sportmütze in Betracht und tief in die Stirne gezogen werden.) Die gepflegte Berufsgarderobe wird durch graue Sportschuhe mit dikken Gummisohlen vervollständigt. Dazu eine kugelsichere Weste, maßgeschneidert (maßgeschmiedet). Ein Muß sind selbstverständlich die 482 versteckt eingenähten Taschen, in denen die (→) Ausrüstung Platz findet. Die Unterhosen nach Belieben, in Rosa oder zartem Blau.

Hier einige Beispiele von Privatdetektiv K., die die Unauffälligkeit seiner Kleidung demonstrieren sollen:

Im Strandbad — Am Opernball — In der Sahara

KNOW-HOW

(deutsch: gewußt wie)

Tricks sind das kleine Einmaleins des Detektivs. Sie ersetzen zwar nicht Routinearbeit und Denken, aber sie können das harte Leben der geplagten Spürnase erleichtern. Der Griff in die Trickkiste erspart den Faustschlag aufs Auge.

Das hier gezeigte Know-how soll Anregung sein, eigene Tricks zu entwickeln. Die eigenen haben einen großen Vorteil: Es kennt sie niemand.

Ein gemeiner Verräter: Dein eigener Schatten (→ Beschattung).

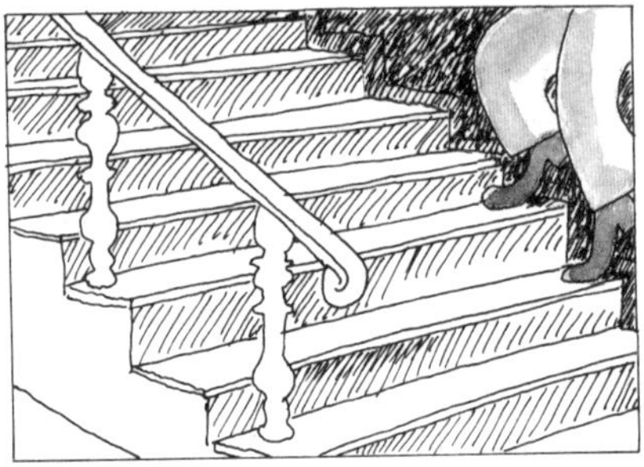

Falls du unbemerkt bleiben willst: Alte Holztreppen knarren nicht, wenn du sie nur auf der Seite betrittst.

So kannst du feststellen, ob während deiner Abwesenheit eine Tür geöffnet wurde. (Übereifrige Putzfrauen können diesen Trick leicht zunichte machen!)

Die Welt ist schlecht! Auch Spuren können lügen (→ Spuren).

Kein Mikrofilm ist so wertvoll und kein Buch so schlecht, daß es solcherart als Geheimversteck zweckentfremdet werden muß.

Starker Schnupfen oder ein Taschentuch über der Sprechmuschel des Telefons machen es schwer, die Stimme des Sprechers zu erkennen.

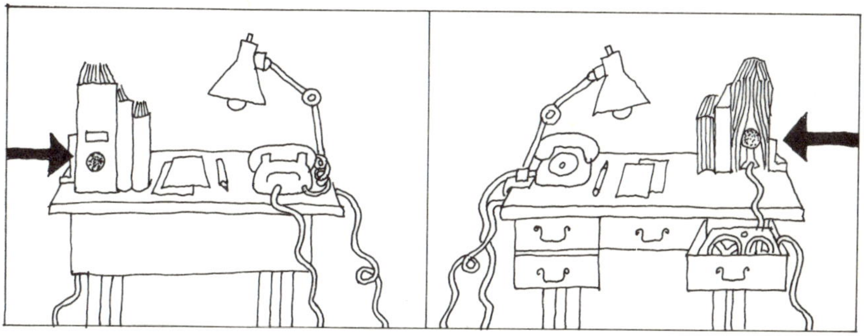

Gut getarnte Mikrophone erhöhen die Sprechfreudigkeit und garantieren ungezwungenen Gesprächston. (Aber: Tonbandaufnahmen sind als Beweise bei Gericht nicht zugelassen, →Verhör).

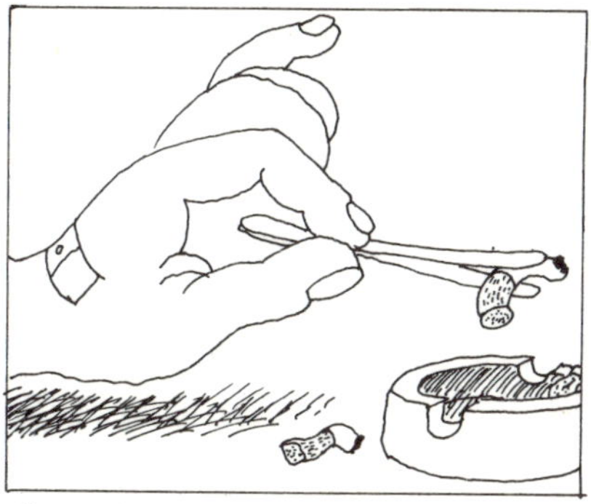

Spurenträger nur mit Pinzette oder Gummihandschuhen berühren! (Hygiene, →Spuren.)

Unauffällig aufgestreute Erdnußschalen verraten die Annäherung einer Person, sind aber, zumindest in Wohnungen, nicht umweltfreundlich.

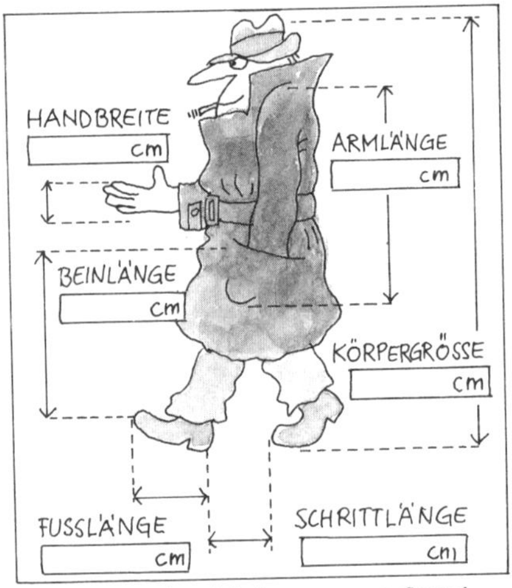

Das Maßband gehört zwar zur Grundausrüstung, doch tust du gut daran, deine Körperabmessungen zu kennen. Sie ermöglichen unauffälliges Messen.

Leg einen Spiegel in ein Buch, das du zu lesen vorgibst. Nun kannst du den Verdächtigen beobachten, indem du ihm den Rücken zuwendest. (Titel des hier verwendeten Buches: "Das Messer im Rücken".)
(→Beschattung.)

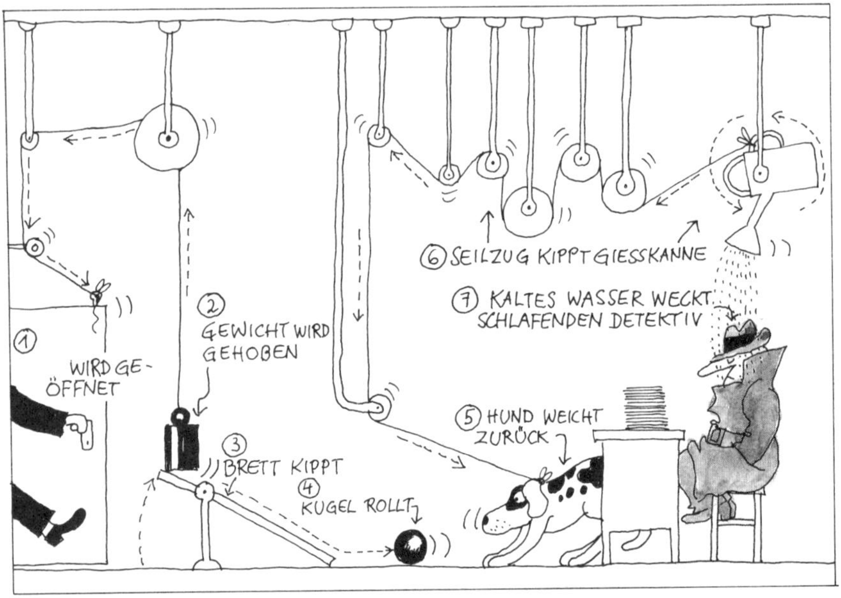

Einfache Alarmanlagen für schlafbedürftige Detektive. (Warnt vor rachesüchtigen Exhäftlingen, Indizien stehlen wollenden Einbrechern und inspizierenden Vorgesetzten.)

Kürzlich ausgehobene Rasenstücke zeigen eine andere Färbung, und Wasser versickert schneller.

Soll ein Beschatteter dein Gesicht nicht erkennen, gib vor, etwas in deiner inneren Manteltasche zu suchen! (→ Beschattung.)

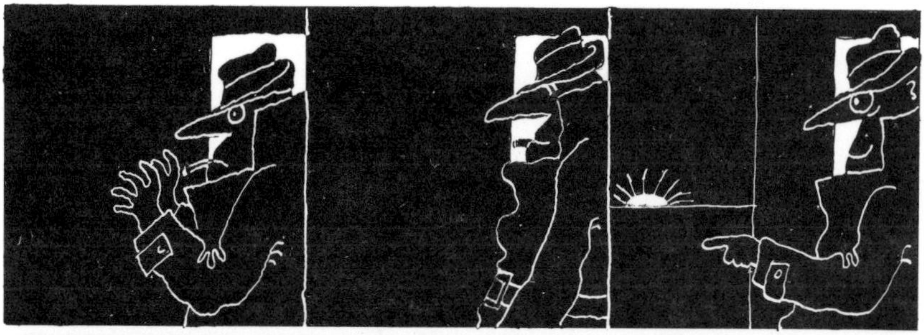

Wenn du von einem hellen Zimmer in die Dunkelheit trittst, schließ die Augen für 10 Sekunden, dann gewöhnt sich dein Auge schneller an die finstere Nacht. Detektiv K. hielt die Augen 32 Minuten geschlossen. Danach war sein Sehvermögen enorm. Der Vorsprung des Verfolgten auch.

Durch Löcher in der Zeitung jemand beobachten? Dieser Trick ist so alt, daß er schon...(siehe Bild!)

KURZKRIMI

Ging die Gun:
"Bum, bum, bum!"
Armer Mann
fiel schon um.
Mörder lief.
Detektiv:
"Hoch die Hände!"
Ende.

-KY

ist alles, was wir vom Namen dieses ausgezeichneten deutschen Kriminalschriftstellers wissen. In seinen Geschichten kritisiert er Polizeimethoden, Gesetze und versucht zu erklären, warum Menschen zu Verbrechern werden. Sozialkritisch nennt man das. Über sich sagt er, daß er Krimis zu schreiben begann, weil alles andere zu schwer war. Aber als er daraufkam, daß das auch nicht leicht war, war es schon zu spät.

Einige seiner Geschichten: Stör die feinen Leute nicht, Ein Toter führt Regie, Mitunter mörderisch.

FORTSETZUNG SEITE 73

LABOR

Praktisch veranlagte Minidetektive mit gut entwickeltem Ordnungssinn halten nicht nur ihr Zimmer in halbwegs begehbarem Zustand, sondern richten sich auch eine Ecke ein, in der ihre detektivische Ausrüstung übersichtlich und jederzeit griffbereit untergebracht ist. Dazu gehört auch ein Labor. Es ist zwar nicht nötig, einen elektrisch geladenen Stacheldraht um diese Ecke zu ziehen, aber Chemikalien sind vor dem Zugriff der Kleinstgeschwister zu schützen. (Eigentlich sind es die Geschwister, nicht so sehr die Chemikalien, die schützenswert sind.)

Hier ein Vorschlag: Das Büro und Labor des noch minderjährigen Hobbydetektivs L.

1 Luminol (3-Aminophtolsäurehydrazid) (→ Blut)
2 Natriumcarbonat (→ Blut)
3 Perhydrid-Tabletten (→ Blut)←
4 Kobaltchloridkristalle (→ unsichtbare Schrift)←
5 Kupfersulfat (→ unsichtbare Schrift)←
6 Salmiakgeist (→ unsichtbare Schrift)
7 Spiritus, stets gut verschlossen und mindestens drei← Meter von offenen Flammen, Ofen etc. aufbewahren!
8 Rußpulver (→ Fingerabdrücke)
9 "Spion" (Ein an der Außenseite des Fensters befestigter Spiegel, der rechtzeitig vor der Ankunft von Freunden, Feinden oder Klavierlehrern warnt.)
10 Spiritusbrenner (→ unsichtbare Schrift)
11 Proberöhrchen
12 Bild der (→) 7 goldenen W. Im Rahmen Geheimversteck.
13 Lupe
14 Dicker Haarpinsel (→ Fingerabdrücke)
15 Stempelkissen (→ Fingerabdrücke)
16 Taschenlampe
17 Maßband (→ Spuren)
18 Wörterbuch (→ Rechtschreibung)
19 Phantombilderbuch (→ Phantombild)
20 ABC für Minidetektive
21 Drahtgitter (→ Spuren)
22 Blechring (→ Spuren)
23 Gips (→ Spuren)
24 Fingerabdruckkartei (→ Fingerabdrücke)
25 Plastikunterlage zum Schutz des Schreibtisches vor chemischen Flecken
26 Notizblock
27 Fotokamera (→ Spuren)
28 Kiste für (→ Verkleidungen)
29 Gipsschüssel (→ Spuren)
30 Selbstklebende Klarsichtfolie (→ Fingerabdrücke)

WICHTIGE TIPS FÜR CHEMO-DETEKTIVE

Alle hier angeführten Chemikalien sind in Drogerien und Apotheken erhältlich.

Hände und Gefäße sind nach Untersuchungen sauberst zu reinigen!

Nur die im ABC angeführten Vorschläge durchführen! Weitere Experimente nur in Anwesenheit von chemie-erfahrenen Erwachsenen!

Fläschchen beschriften, verschlossen halten und außerhalb der Reichweite von Kleinkindern aufbewahren!

Kein Butterbrot während der Arbeit essen!

LEBLANC, MAURICE

Ein französischer Kriminalautor, der nicht, wie üblich, einen Detektiv zum Helden macht, sondern einen Gauner: Arsène Lupin, ein Meisterdieb, der nur Reiche bestiehlt, charmant zu Damen und lieb zu Kindern ist und dessen größtes Vergnügen darin besteht, die Polizei an der Nase herumzuführen. Diese ärgert sich maßlos und wechselt die Gesichtsfarbe in den französischen Nationalfarben: blau, weiß, rot.

Leblanc schrieb etwa 30 Bücher, viele seiner Geschichten sind in dem Band "Arsène Lupin, der Gentleman-Gauner" gesammelt.

LOGIK

Kriminalinspektor Zack hatte sich ein paar schöne Fische geangelt. Diese vier bekannten Typen aus der Wiener Unterwelt waren alte Bekannte von ihm, denn er hatte ihnen schon öfter zu einem Aufenthalt im Gefängnis verholfen. Diesmal wollte er ihre (→) Alibis überprüfen, denn gestern um acht Uhr abend wurde in ein Zuckerlgeschäft am Naschmarkt eingebrochen. Geld konnte der Täter keines erbeuten, doch nahm er Unmengen von Schwedenbomben, Krachmandeln, Mozartkugeln, halbbittere Schokolade und Pfefferminzkaugummi mit. Eines wußte Zack sicher: Einer von ihnen war gestern abend am Naschmarkt, aber wer?

So fragte er, wo jeder von ihnen gestern abend um acht Uhr gewesen sei.

So richtig zu belügen getrauten sich diese Spitzbuben den Inspektor nicht, doch ein bißchen an der Nase herumführen wollten sie ihn schon.

Mehr war aus diesen Galgenvögeln nicht herauszukriegen. Zacks Kopf lief rot an, und schon wollte er heftig werden, als ein pfiffiges Lächeln über sein narbenzerfurchtes Gesicht glitt. Trotz ihrer irreführenden Herumblödelei hatten sich die vier Gauner verraten.

Eines wußte er sicher: Gelogen hatten die Burschen nicht. Er nahm einen Zettel und zeichnete folgendes Diagramm darauf.

	Fußball	Film	Harrys Hamburger	Naschmarkt
Albert				
Burt				
Charley				
Danny				

Nun zündete er sich ein Pfeifchen an und dachte nach. (Er konnte nur mit Papier, Bleistift und Pfeife denken.) Bald wußte er nicht nur, wo sich diese Typen zum fraglichen Zeitpunkt herumgetrieben hatten, sondern, was das wichtigste war, wer sich am Naschmarkt aufhielt.

Weißt du es auch?

Lanz logisch: logelnde Letektive leben leichter. (→ Lösung des Falls.)

LÖSUNG DES FALLS

Hier befinden sich die Antworten auf kriminalistische Rätselfragen, die des öfteren in diesem Buch gestellt werden. Als messerscharf denkender Minidetektiv brauchst du diese Seiten höchstens als Bestätigung deines Scharfsinns. Sozusagen der anerkennende Klaps auf die Schulter.

Lösung des Falls

ALIBI

Richtig, hier stinkt alles, sogar die Frage.

GEHEIMSCHRIFT

Gelöst? Glückwünsche! Nicht gelöst? Na ja, es war fürwahr eine harte Nuß.

JA, DU HAST ES FEIN GEMACHT,
SO WIRST DU AUCH NICHT AUSGELACHT.
LOGISCHES DENKEN IST SEHR RECHT,
UNGEDULD IST IMMER SCHLECHT.

HAUSDURCHSUCHUNG

Die Leiche ist in der Besenkammer. Vom Blickwinkel des Lesers nicht einsehbar.

LOGIK

Zu schwer? Hier ein Tip, der dir weiterhelfen soll, ehe du die fertige Lösung auswendig lernst und damit angibst.

Inspektor Zack nimmt sich zunächst die Aussage von Albert her. Er streicht die Kästchen durch, wo Albert nicht gewesen sein kann. (Vergiß nicht, gelogen hat niemand!)

	Fußball	Film	Harrys Hamburger	Naschmarkt
Albert			///	///
Burt				
Charly				
Danny				

Bei Burt ist es einfacher, der sagt klipp und klar, wo er war. Zack trägt aber auch ein, wo Burt nicht war, und notiert auch, daß die anderen nicht beim Fußball gewesen sein konnten. (Siehe Dannys Aussage!)

	Fußball	Film	Harrys Hamburger	Naschmarkt
Albert	///		///	///
Burt	✓	///	///	///
Charly	///			
Danny	///			

Schon ein Aha-Erlebnis? Dann lies nicht weiter und mach den Rest alleine!

Hier die endgültige Lösung:

	Fußball	Film	Harrys Hamburger	Naschmarkt
Albert	///	✓	///	///
Burt	✓	///	///	///
Charly	///	///	✓	///
Danny	///	///	///	✓

Danny war also am Naschmarkt.
Wer hätte das von ihm gedacht!

MOTIV

Königin Victoria von England, 1819 - 1901

Kaiser Franz Joseph I. von Österreich, 1830 - 1916

Marilyn Monroe, amerikanische Filmschauspielerin, 1926 - 1962

Karl Marx, deutscher Philosoph 1818 - 1883

Otto Waalkes, deutscher Komiker

Evita Peron, Frau des argentinischen Diktators Juan Peron, 1919 - 1952

OBDUKTION

Genau, nach 1 und 2 folgen 6, 3, 5, 4, 7, 8.

RATEKRIMI

So wie dir fielen auch Inspektor Brush zunächst die Scherben des zerbrochenen Fensters auf. ("...lagen im Blumenbeet vor dem Fenster.") Die Scheibe wurde also von innen eingeschlagen, somit mußte der Täter im Haus zu suchen sein.

Als äußerst bedeutsam fand er jedoch die Aussage von Lord Benston: "So um zirka 10 Uhr weckte mich ein heftiger Donnerschlag. Der darauffolgende Blitz erleuchtete..." Blitz und Donner passieren zwar zur gleichen Zeit, aber immer sehen wir den Blitz zuerst, der Donner folgt später. Warum diese seltsame Ausnahme bei Lord Benstons Villa? Brush mußte, bei allem Respekt vor altem Hochadel, annehmen, daß Seine Lordschaft log. Sollte der Lord sich selbst bestohlen haben? Ja. Daß der Schmuck versichert war, erhärtete diesen Verdacht.

Lord Benston wurde zwar nicht wegen Diebstahls, aber wegen Versicherungsbetrugs angeklagt.

Lösung des Falls

RECHTSCHREIBUNG

Du hast es natürlich auch ohne Wörterbuch gewußt: TEPPICH ist die richtige Schreibweise.

SCHRIFT

Du hattest wieder einmal recht: Die zweite Unterschrift ist echt. Die anderen zittern, sind steif oder weisen unregelmäßige Strichdicken auf.

SLANG

Hier eine von vielen Übersetzungsmöglichkeiten:

Bild 1: O.K., du Trottel! Beweg dich nicht!

Bild 2: Sing! Wer hat Charley umgelegt?

Bild 3: Du willst niemanden verpfeifen, eh? O.K., Penner! Ich werde dir die Fresse vermöbeln, daß dir die Beißerchen rausfliegen, du ölige Flasche!

VERBRECHER

Hast du berücksichtigt, daß der Schein oft trügt?

1. Johanna S., international gesuchte Kunstfälscherin
2. Ed K., Filmschauspieler, hier in seinem letzten Film "Scharfe Schüsse, heiße Küsse"
3. Nikolaus B., bereits verurteilter Weinpantscher
4. Hans W., Fleischermeister
5. Karl Z., gerissener Steuerbetrüger
6. Schulrat J. R., von einem Maskenball heimkehrend und entdeckt habend, daß er seinen Haustorschlüssel verloren hat.

VERHÖR

Tony wußte rein gar nichts vom Banküberfall, da er keine Zeitungen liest, wie er selbst behauptet.

Woher wußte er dann, daß die Beute nur "ein paar lumpige hundert Dollar" betrug? (250 Dollar sind ungewöhnlich wenig für einen Banküberfall.)

Woher wußte er, daß der Überfall um 9.35 Uhr stattfand? Ein Hoch der gewaltlosen Verhörkunst des Inspektors Sneek! Ein Hoch auch dir (falls du den Fall alleine gelöst hast)!

Lösung des Falls
Lügendetektor

ZEUGEN

Klar, du hast es wieder einmal gewußt!

ZINKEN

Reingefallen! Nicht "Detektivbuchende", sondern "Rechtschreibschwacher Detektiv, der trotz Besitz eines Wörterbuchs 'Ente' mit 'd' schreibt".

LÜGENDETEKTOR (griechisch: Polygraph)

Kleinen Kindern sagt man: "Du lügst, deine Nasenspitze ist ja ganz weiß (rot, kalt, warm, spitz ...)."

Auch bei hartgesottenen, erwachsenen Spitzbuben nimmt man an, daß sie nicht lügen können, ohne dabei (wenn auch nur ein kleines bißchen) nervös zu werden. Nervosität zeigt sich zwar nicht an der Nasenspitze, aber am geänderten Pulsschlag, durch Schweißabsonderung etc. Auf dieser Annahme beruht auch der Lügendetektor. Dies ist ein Gerät, das Pulsschlag, Atemgeschwindigkeit, Blutdruck und Hautfeuchtigkeit einer Person mißt und auf einem Papierstreifen aufzeichnet. Der Vernehmungsbeamte kann somit feststellen, bei welchen Fragen der Verhörte körperliche Reaktion zeigte, und kann daher auf eine Lüge schließen.

Der wahrheitssuchende Minidetektiv erkennt mit ungetrüb-

tem Blick den Fehler dieses Systems: man braucht nicht zu lügen, um nervös zu werden. (Schularbeiten und Prüfungen tun es auch.) Daher ist in den meisten Staaten die Verwendung des Lügendetektors bei Verhören und als Beweis bei Gerichtsverhandlungen nicht gestattet.
Gute Menschenkenntnis und genaue Beobachtung beim (→) Verhör sind verläßlicher.

Peter P. beim Verhör mit dem Lügendetektor bei der Frage: "Peter Piper, did you pick a peck of pickled pepper?"

LUGER

Ein Luger-Besitzer glaubt sich mit diesem Glanzstück der Tötungstechnologie jedem anderen Waffenbesitzer haushoch überlegen. Das glaubt er nur so lange, bis er erschossen wird.

WARNUNG: Letztlich geht jede Pistole nach hinten los.

MA BARKER

Kate Barker lebte im Mittelwesten der USA, war rechtschaffene Hausfrau und liebevolle Mutter von vier Söhnen.

Im Alter von 55 Jahren wurde sie Gangsterboß.

Es begann damit, daß sie Geld brauchte, um ihre mißratenen Söhne immer wieder aus dem Knast zu holen. Kautionen*, Rechtsanwälte und Bestechungen kosten Geld. Sie entwarf Pläne für Banküberfälle und kassierte fette Anteile nach erfolgreicher Durchführung.

Sie erkannte klar: Ihre Söhne Herman, Lloyd, Dock und Freddy waren zu dumm, ein erfolgreiches Ding zu drehen. So nahm sie die Sache selbst in die Hand, organisierte und plante Banküberfälle und sorgte für ein "clean getaway".

Die Sache lief wie am Schnürchen. Sogar berühmte Gangsterbosse ließen bei Ma planen. Solange die "Buben" ihrer Mutter folgten, schwamm die Ma-Barker-Gang im Geld. Doch ihre Söhne glaubten, daß das Ei gescheiter als die Henne sei, und beteiligten sich unerlaubterweise an einem schlecht organisierten und mißlungenen (→) Kidnapping.

Ma´s Talent im "Cops and Robbers Game" hielt die Gang noch einige Zeit über Wasser, doch das Verhängnis nahm seinen Lauf. Zuerst erwischte es Herman. Bei einer Verfolgungsjagd starb er im Kugelregen der Polizei. Ma und ihr Jüngster, Freddy, wurden 1935 in einem "Shootout" vom (→) FBI durchlöchert. Dock biß bei einem Ausbruchsversuch von (→) Alcatraz ins Gras. Nur Lloyd starb friedlich im Gefängnis.

*Bei Gericht hinterlegtes Geld, das es einem Gefangenen erlaubt, für kurze Zeit die Haft zu verlassen.

MACDONALD, ROSS

MacDonald hat in diesem Fall nichts mit Hamburgern, Hot dogs und anderen amerikanischen Leckerbissen zu tun. Ross MacDonald ist einer der profiliertesten amerikanischen Krimischreiber, der eigentlich Kenneth Millar heißt. Sein Held, Privatdetektiv Lew Archer, ist ein würdiger Nachfolger von Philip Marlowe (→ berühmte Detektive).

Einige seiner vielen Geschichten: Camping im Leichenwagen, Einer lügt immer, Gänsehaut, Geld kostet zu viel, Reiche sterben auch nicht anders, Tote ertrinken nicht, Triff mich in der Leichenhalle.

MAFIA

Verbrecherorganisationen gibt es viele, die bekannteste ist die Mafia oder La Cosa Nostra. Ursprünglich war sie ein Geheimbund im südlichen Italien, der seine Mitglieder vor kriminellen Herrschern schützte. Durch italienische Auswanderer kam die Mafia nach Amerika. Dort entwickelte sie sich zu einer Gangsterorganisation, die heute Unsummen an Rauschgift, Gambling* und Mädchenhandel verdient. Um 1930 waren

*Verbotenes Spiel um hohe Einsätze

Schlachten zwischen Mafiabanden an der Tagesordnung, und die Polizei war froh, da nicht mitmischen zu müssen. Der Kampf gegen dieses organisierte Verbrechen war bisher nicht besonders erfolgreich. Politiker und Polizeipräsidenten werden bestochen (→ Bestechung). Viele getrauen sich nicht, gegen die Mafiosi (Mitglieder der Mafia) auszusagen, da sie Rache befürchten. Zeitungen und Fernsehen berichten nichts darüber, weil sie vielfach in den Händen der Mafia sind. Ein kleiner mutiger Detektiv, der gegen sie vorgehen will, wird "beiseite geschafft", wenn er nicht ohnehin schon vorher vom bestochenen Kripochef zurückgepfiffen wurde.

ZWEI HOCHMUSIKALISCHE BLINDE KÜNSTLER

Verbrecherbanden gedeihen besonders gut, wenn Menschen ungerecht behandelt werden und der Unterschied zwischen Arm und Reich zu groß ist. (→ Al Capone, Gangster.)

MAUSER

Hat nichts mit dem bekannten grauen Nagetier zu tun. Mauser ist die Lieblingspistole waffennärrischer Detektive. Der Werbeslogan der Firma lautet: "Wer sie führt, kennt ihren Wert." Ob es von Wert ist, jemanden niederzuschießen, steht nicht dabei.

MORD I

"Der Himmel war wolkenbedeckt, Nebel hing in den engen Gassen, und es nieselte leicht. Es war 22.30 Uhr, als mit Blaulicht und quietschenden Bremsen ein Polizeiauto hielt. Kriminalinspektor Fuet sprang aus dem Wagen, stellte den Kragen seines Mantels hoch, drückte den Hut tiefer in die Stirn und betrat das Haus Nr. 41. Die Wohnung im 3. Stock war beleuchtet, und die Eingangstür stand offen. Ein wachhabender Polizeibeamter führte Fuet ins Wohnzimmer. Die Leiche lag in verrenkter Stellung am Teppich, und aus dem kleinen runden Einschußloch an der Stirne sickerte Blut, das in einem dünnen Rinnsal über die Schläfe rann und im weichen Teppich versickerte. Fuet schob seinen Hut in den Nacken, zündete sich eine Zigarette an und..." und so weiter.

So ähnlich beginnen viele schlechte Kriminalromane. Das bisher Geschilderte mag noch einigermaßen mit der Wirklichkeit übereinstimmen, abgesehen davon, daß es kaum einen Kriminalinspektor gibt, der so pietätlos einem Toten gegenüberstehen würde.

In Romanen beginnt sich nun die Handlung hektisch zu verwirren: Mehrere Morde geschehen, dunkle geheimnisvolle Gestalten treten auf, Schüsse aus dem Hinterhalt werden abgefeuert, und der Inspektor kommt in arge Schwierigkeiten. Er löst aber den Fall schließlich mit logischem Scharfsinn und heldenhaftem Einsatz.

Die Wirklichkeit sieht anders aus: Unromantisch und gar nicht geheimnisvoll beginnt nun ein Team von Spezialisten und Mitarbeitern an dem Fall zu arbeiten.

Die Leiche wird von allen Seiten fotografiert und ihre Lage auf dem Zimmerplan eingezeichnet.

Die Wohnung wird durchsucht. Briefe, Adreßbücher, Telefonnotizen, Dokumente, natürlich die Mordwaffe und vieles mehr können wichtige Indizien sein.

Fingerabdrücke werden von Mordwaffe, Türschnallen, von der Glasplatte des Schreibtisches, von der umherstehenden

Weinflasche und von den Augengläsern des Ermordeten abgenommen und zum Erkennungsdienst gebracht.

Leere Patronenhülsen, in den Wänden steckende Geschoße und die tödliche Kugel werden von den Waffenexperten untersucht. Sie können feststellen, ob und vor wie langer Zeit mit einer Waffe gefeuert wurde, aus welcher Lage und Entfernung der Schuß abgegeben wurde und welches Geschoß zu welcher Waffe paßt.

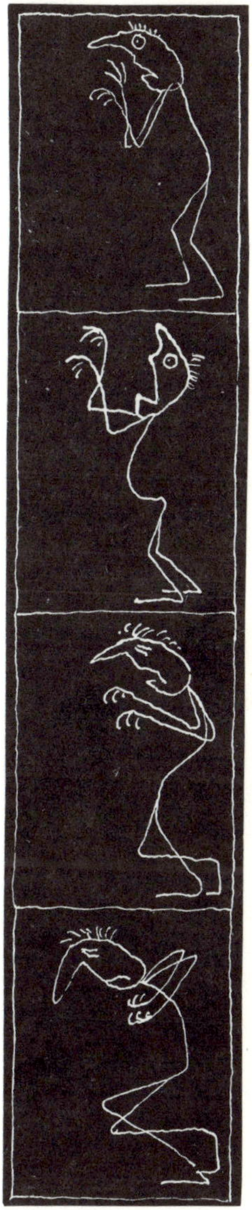

Der Gerichtsmediziner untersucht die Leiche. Er kann den Zeitpunkt des Todes und die Todesursache ermitteln. Er weiß, was das Opfer zum Nachtmahl gegessen hat und ob es am Klo war. Er findet heraus, ob vor dem Mord ein Kampf stattgefunden hat und ob das Opfer nach seiner Ermordung noch bewegt wurde.

Die Spurensicherung sammelt Blutspritzer, den Schmutz von Straßenschuhen am Teppich, Lippenstiftspuren an Zigarettenfiltern, das lange schwarze Haar am Anzug des Ermordeten und den Dreck unter seinen Fingernägeln. Chemiker kümmern sich um die Analyse dieser Dinge.

Nachbarn, Hausbewohner und der Besitzer der Bar auf der gegenüberliegenden Straßenseite werden vernommen: Ging jemand um soundsoviel Uhr ins Haus? Wie sah er aus? Welche Kleidung? In welchen Stock ging er? Haben Sie Schüsse gehört? Wie viele? Wann? Empfing er oft um diese Zeit Besuch? Welche Bekanntschaften hatte er? Wie war er als Nachbar? Hatte er oft Streit? Welche Gewohnheiten hatte er? Wann? Wie? Wo? Wer? Was? Wie lange? Wieso? Warum? Weshalb? Wieviel?

Auf ähnliche Art werden Freunde, Bekannte, Verwandte, Vorgesetzte und Putzfrauen mit Fragen beschossen.

Was muß sich so ein armer Polizeibeamter nicht alles dabei gefallen lassen! Die geschwätzige Hausbesorgerin will nicht aufhören und redet ihm ein Loch in den Bauch. Ein ruhebedürftiger Nachbar schmeißt ihm die Tür ins Gesicht. Ein Hausbewohner, ein Möchtegerndetektiv, gibt ihm gute Ratschläge. Die Tante des Ermordeten lenkt den Verdacht auf eine Kusine, die sie nicht mag. Der angeberische Barbesitzer sagt mehr, als er weiß, um sich wichtig zu machen.

Und nicht genug damit. Von all den Vernehmungen müssen Protokolle geschrieben werden, von jeder Untersuchung Berichte verfertigt werden. Formulare werden ausgefüllt, Unterschriften geleistet. Da wird gestempelt und katalogisiert, werden Akten angelegt, Kopien hergestellt, Ordner gefüllt, Büroklammern gesteckt, Eselsohren geradegebogen, Rechtschreibfehler ausgebessert und Tintenkleckse gekillt. Und da gibt es Mikrodetektive, die glauben, die (→) Rechtschreibung nicht lernen zu müssen!

Der ganze Papierberg landet auf dem Schreibtisch des Inspektors. Kein Wunder, daß alles raucht: sein Kopf, seine Pfeife und die Schreibmaschine. Nun beginnt er die vielen kleinen Einzelheiten wie Puzzlestücke zu einem Bild zu ordnen. Wenn ihm Teile fehlen, ordnet er weitere Vernehmungen, Hausdurchsuchungen etc. an. Der Papierberg auf seinem Schreibtisch wächst um einen halben Meter.

Formt sich das Puzzle zu einem erkennbaren Bild (d.h. wenn genug Indizien vorhanden sind), kann der Inspektor beim Untersuchungsrichter einen Haftbefehl für die verdächtige Person beantragen. Der Verdächtige - wenn er erwischt wird - kommt in Untersuchungshaft. Dort wird er verhört, wobei Gewaltanwendung nicht erlaubt ist. Legt er ein Geständnis ab, atmet der Inspektor erleichtert auf, denn seine Arbeit ist getan. (Halt! Erst muß noch ein Protokoll des Geständnisses verfaßt, gestempelt, unterschrieben und kopiert werden.) Er übergibt den Verdächtigen, samt den Kopien des Papierkrams auf seinem Schreibtisch, der Justiz, die über Schuld oder Unschuld des Angeklagten entscheidet.

Legt der Verdächtige kein Geständnis ab, dann...danke, genug!

Wie schön hat es da der Inspektor im Roman. Da gibt es keine ungelösten Fälle, keine papierbedeckten Schreibtische.

"... Es hatte aufgehört zu regnen, und die ersten Sonnenstrahlen schienen auf den Schreibtisch. Inspektor Fuet lehnte sich zufrieden zurück, legte seine Füße auf den Schreibtisch und zündete sich eine Zigarette an. Morgen würde er den Zug nach Nizza nehmen, am Strand in der Sonne liegen und für ein paar Tage die wohlverdiente Ruhe genießen..."

MORD II

Man unterscheidet sechs Arten von Morden:

1. Vorsätzlicher Mord: Mit voller Absicht, eiskalt geplant und ausgeführt, wird jemand ins Jenseits befördert. Höchststrafe.
2. Mord im Affekt (Totschlag): In schrecklichem Zorn und blinder Wut wird jemand erschlagen. Schwere Strafe, aber mildernde Umstände werden zugebilligt.
3. Tötung in geistiger Umnachtung: Ein Geisteskranker, ein Volltrunkener, einer, der nicht mehr weiß, was er tut, bringt jemanden um. Der Täter kommt nicht ins Gefängnis, sondern in eine Heilanstalt.
4. Fahrlässige Tötung: Ohne es zu wollen, durch Unachtsamkeit wird ein Mensch getötet. Die Bestrafung fällt etwas leichter aus.
5. Tötung in Notwehr: Jemand wird tätlich angegriffen, verteidigt sich und verletzt den Angreifer dabei tödlich. In manchen Fällen ist Freispruch möglich.
6. Krieg: Eiskalt geplanter und durchgeführter Massenmord an Tausenden von Menschen. Belohnung und Orden für die Mörder, Massengräber für die Opfer.

MOTIV

Das Mordopfer: Johann S., Bankangestellter, 53 Jahre, verheiratet, zwei erwachsene Kinder
Die Todesursache: (→) Arsen im Rotwein

Für den Detektiv ist jeder verdächtig. Alle, die S. kannten: Kindergartentanten, Volks- und Hauptschullehrerinnen, Rotkreuzschwestern, Briefträger, Schuhputzer, Arbeitskollegen, Saufkumpane, Geschäftsfreunde, Zirkusdirektoren, der Neffe in Amerika, die Tante in Südafrika, der Friseur, Vorgesetzte, Untergebene, der Tankwart, Nachbarn, der Bürgermeister...

Aber kann der Detektiv alle einem intensiven Verhör unterziehen? Kann er nicht. Er wird sein kriminalistisches Auge auf die werfen, die ein Motiv hatten, das heißt, die einen Grund hatten, Herrn Johann S. unter die Erde zu bringen. Da kämen also in Frage:

Victoria, die Gattin.
Ihr Mann warf gerne ein Auge auf hübsche Mädchen.
Motiv: Eifersucht

Marilyn, die Tochter.
Ihr Vater war ein Tyrann. Sie durfte nur bis acht Uhr abends ausbleiben. Zigaretten und Lippenstift waren ihr verboten.
Motiv: Freiheitsdrang

Otto, der Sohn.
Er ist Haupterbe.
Motiv: Geldgier

Franz Joseph, Geschäftsfreund.
Er hatte Schulden bei Johann S., die bald fällig wurden.
Motiv: Zahlungsunfähigkeit

Karl M., Briefträger bei Familie S.
Bekam zu Weihnachten kein Trinkgeld.
Motiv: Rache

Evita P., Putzfrau bei Familie S.
Befürchtete eine Anzeige, weil Johann S. sie beim Diebstahl einer Rolle Klosettpapier erwischt hatte.
Motiv: Furcht

Merke: Das Motiv allein macht noch keinen Mörder!

So nebenbei eine kleine Aufgabe, die das Personengedächtnis und die Erkennungsfähigkeit des Jungdetektivs schulen soll: Wer sind die sechs abgebildeten Personen tatsächlich? (→Lösung des Falls.)

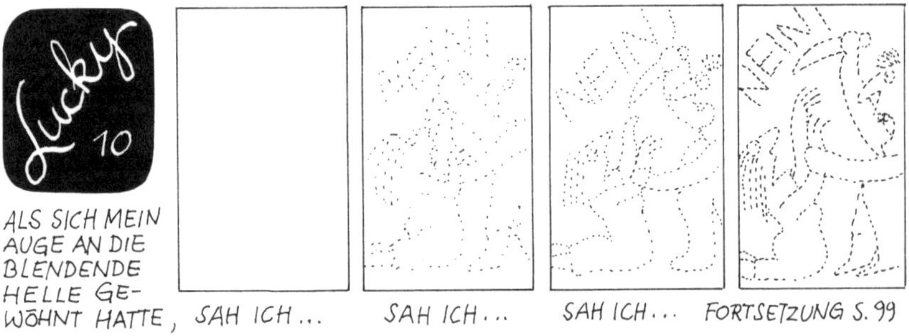

NACHSCHLÜSSEL

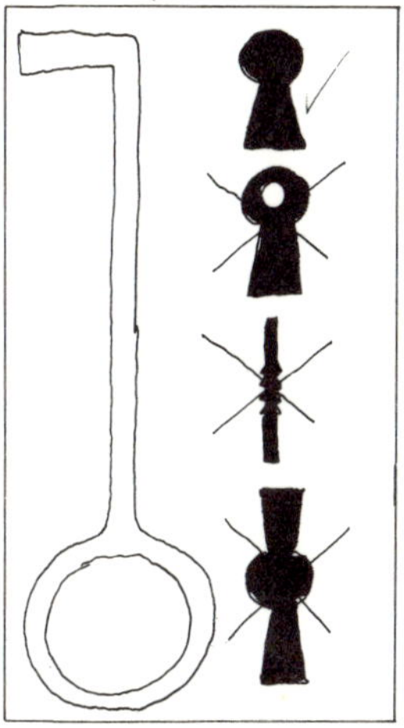

Verschlossene Türen bilden nicht nur ein Hindernis für Diebe und Einbrecher, sondern auch manchmal für den Detektiv. (Unerlaubte → Hausdurchsuchung.) Mit einem Nachschlüssel (Dietrich, Sperrhaken), etwas Geschicklichkeit, Geduld und Glück kann man einfache Schlösser aufsperren. Der Sperrhaken wird schräg von unten in das Schlüsselloch gehakt, geradegestellt, und durch vorsichtiges Drehen nach rechts versucht man, den Riegel zu verschieben.

Bei Schlössern für Sicherheits-, Hohl- und Flachschlüssel sowie bei Tresoren mit Nummernkombination dient der Dietrich höchstens zum ratlosen Nasenbohren. Hier ein Tip, wie du eine verschlossene Tür auch ohne Sperrhaken öffnen kannst.

OBDUKTION

In dem weiß gekachelten Raum kleben schlampig abgewischte Blutspuren an Wänden und Fußboden. Es riecht süßlich-faul. Eine schwere Tür fällt ins Schloß, und hallende Schritte nähern sich einem Tisch in der Mitte des Zimmers. Der hagere Mann im weißen Mantel und den dicken, funkelnden Brillen beugt sich über den Tisch und hebt das Bettlaken, das eine nackte Leiche bedeckt. Lange starrt er auf den Toten. Dann gibt er sich einen Ruck, greift zur Geflügelschere und öffnet der Leiche den Brustkorb.

Ist es Dr. Frankenstein, der sich Teile für ein neues Monster sucht? Ein verrückter Professor? (→) Jack the Ripper? Dracula?

Nichts von alldem. Es ist der Detektiv im weißen Mantel: der Gerichtsmediziner. Die unappetitliche Arbeit, die er durchführen muß, hat den schönen Namen Obduktion. Seine Arbeit liefert enorm wichtige Ergebnisse für seine Kollegen im grauen Mantel.

Hier sein Bericht (ohne die medizinischen Fachausdrücke):

Der ca. 30jährige Mann (1) wurde gestern zwischen 3 und 5 Uhr nachmittags (2) getötet.
Die Todesursache: Schädelbruch durch einen Schlag auf den Hinterkopf.

Die Tatwaffe: Ein hölzerner, stumpfer Gegenstand (Knüppel, Hackenstiel etc.) (3)
Eine halbe Stunde nach seinem Tod wurde die Leiche in ein Brombeergebüsch geschleift. (4)
Vor seiner Ermordung wurde er durch einen in Chloroform getauchten Wattebausch betäubt. (5)
Kurz zuvor muß eine tätliche Auseinandersetzung stattgefunden haben, wobei das Opfer einen Schlag ins Auge (6), der Täter Kratzspuren im Gesicht davontrug. (7)
Der mutmaßliche Täter ist männlich, blond und war zur Zeit der Tat alkoholisiert. (8)

Tote sprechen nicht, sagt man. Erstaunlich, was ein Gerichtsmediziner trotzdem aus ihnen herausbekommt. Wie macht er das?

Vielleicht kann der medizinisch orientierte Juniordetektiv diese Frage zumindest teilweise lösen: Schreibe die Zahlen im Text in die Klammern zu den entsprechenden Obduktionsbeweisen! (1) und (2) sind bereits vorgegeben.

Obduktionsbeweise:

(1) Analyse von Zähnen und Knochen
(2) Stadium der Leichenstarre und der Leichenflecken
(6) Bluterguß knapp unterhalb der Augenhöhle
(3) Unscharfe Ränder der Bruchstelle am Hinterkopf, Splitter aus Eichenholz in der Wunde
(5) Wattehärchen mit Chloroformspuren in Nase und Mund, Chloroformreste in der Lunge
(4) Lange, dünne Kratzspuren an den Beinen, ein Dorn einer Brombeerstaude steckt in der Wade
(7) Blutspuren, winzige Hautteilchen und kleine Haare unter den Fingernägeln des Toten. (Diese Spuren stammen nicht vom Toten selbst.)
(8) Analyse der Spuren unter den Fingernägeln

(→ Lösung des Falls.)

PERSONENBESCHREIBUNG

Ein gutes Personengedächtnis und die Fähigkeit, einen Menschen exakt beschreiben zu können, sind Eigenschaften, die für den Detektiv ebenso wichtig sind wie sein Mut, seine Kombinationsfähigkeit und sein hochgestellter Mantelkragen.

Hier ein Test für Minis, die wissen wollen, ob sie das Zeug für Maxis haben:

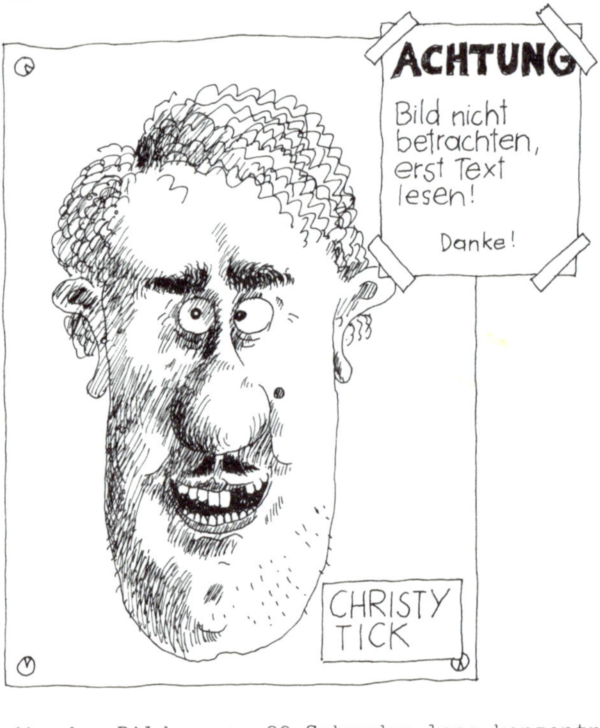

1. Schau dir das Bild genau 30 Sekunden lang konzentriert an!
2. Bild abdecken und Testfragen knacken!
3. Antworten mit Bild vergleichen! Richtiges abhaken!

4. Anzahl der richtigen Lösungen ins Kästchen am Ende des Tests eintragen!
5. Auswertung lesen und dir von deiner Mutter auf die Schulter klopfen lassen!
6. Schwindeln darfst du bei Schularbeiten (so lange du nicht erwischt wirst).
   Bei einem Selbsterkennungstest kannst du das nicht (solange du auch nur ein Fünkchen Ehre in dir hast).

TEST

Kreuze die richtige Antwort an. Bei manchen Fragen sind mehrere Antworten richtig.

Gesichtsform:	
länglich	
breit	
eiförmig	X

Haare:	
gewellt	X
glatt	
Scheitel links	
Scheitel rechts	
Glatze	

Augen:	
eng zusammenstehend	X
weit auseinanderliegend	
schielt mit linkem Auge	
schielt mit rechtem Auge	
schielt nicht	X
Augenbrauen an der Nasenwurzel zusammengewachsen	
Brauen hochgezogen	X

Ohren:	
enganliegend	
spitz	
abstehend	X
keine	

Nase:	
schmal, lang	
Stupsnäschen	X
gurkenförmig, glänzend	
rotzig	

Barttracht:	
Vollbart, gekräuselt	
Oberlippenbärtchen, gepflegt	X
glattrasiert	
unrasiert	
Schnauzbart	

Zähne:	
linker unterer Weisheitszahn plombiert	
rechter oberer Eckzahn fehlt	X
Schneidezahn spitz zugefeilt	
sollte zum Zahnarzt gehen	X
linker oberer Eckzahn fehlt	

Besondere Kennzeichen:	
Pickel auf linker Wange	X
Sommersprosse auf Nase	
Grübchen am Kinn	
Einschußstelle auf Stirn	

Personenbeschreibung

Ausdruck:	
lieb-zärtlich	
tückisch-verschlagen	
brutal-hinterlistig	
blöde grinsend	

Name:	
Tristy Chick	
Christy Tick	
Chisty Trick	

Anzahl der richtigen Lösungen	

AUSWERTUNG

Mehr als 20 richtige Antworten:
Du hast geschwindelt! Es gibt höchstens 14 richtige Antworten.

14 bis 12 richtige Antworten:
Wußtest du, daß du ein fotografisches Gedächtnis hast? Reiß sofort von zu Hause aus und melde dich beim Erkennungsdienst der Kriminalpolizei! Falls sie dich nicht deinen Eltern zurückschicken, steht dir eine sagenhafte Karriere bevor.

11 bis 9 richtige Antworten:
Schau, schau! Ein kleiner Sherlock Holmes (→ berühmte Detektive). Wenn du jetzt auch noch die Mathematik-Nachprüfung schaffst, steht deiner Laufbahn als Detektiv nichts mehr im Wege.

8 bis 6 richtige Antworten:
Gar nicht so übel. Nur etwas Übung brauchst du noch. Vielleicht könntest du auch einmal deinem Augenarzt einen Besuch abstatten!

5 bis 3 richtige Antworten:
Förster oder Klavierstimmer sind eigentlich auch schöne Berufe. Findest du nicht?

Weniger als 3 richtige Antworten:
Du hast Glück! Eine Ausgabe dieses Buches in Blindenschrift ist eben in Vorbereitung.

PHANTOMBILD

"Ja,ja, ich weiß genau, wie der Bursche ausschaute", versichert die ältere Dame, der die Handtasche entrissen wurde. Also, wie sah er aus? "Na ja, ... also... wie soll ich sagen...so irgendwie..." Viel mehr kommt nicht heraus. Wenn der Täter wenigstens besondere Kennzeichen gehabt hätte! Eine lange Nase, ein Muttermal, ein Wimmerl am Kinn. Nein, den Gefallen hat er uns nicht getan. Leider.

Der Kriminalbeamte bringt den großen Ordner mit verschiedenen Gesichtsteilen. Gemeinsam mit der alten Dame versucht er in mühsamer Arbeit, ein Phantombild zu bauen. Ähnlich wie bei Bilderbüchern, wo sich Abschnitte einer Seite unabhängig voneinander umblättern lassen, werden hier Gesichtselemente zusammengestellt, bis das so entstandene Gesicht Ähnlichkeit mit dem Täter bekommt.

ANLEITUNG ZUM BAU EINES EIGENEN PHANTOMBILDERBUCHES FÜR BASTELFREUDIGE DETEKTIVSCHÜLER:

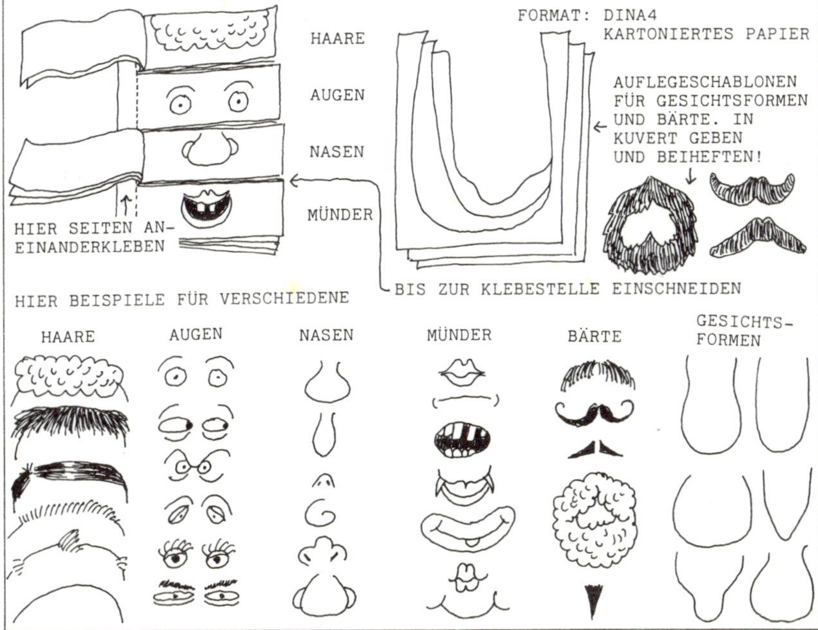

PINKERTON, ALLAN

Symbol und Motto der Pinkerton Agentur

Allan Pinkerton gründete und leitete vor mehr als 100 Jahren Amerikas berühmtestes Privatdetektivbüro. Seine Agenten operierten in ganz Nordamerika und waren wegen ihrer Tüchtigkeit und Skrupellosigkeit gefürchtet. Auch Dashiell (→) Hammett war ein Pinkerton-Detektiv.

POE, EDGAR ALLAN

Amerikanischer Grusel- und Krimischriftsteller. Erfinder des klassischen Detektivromans und der Figur des Hobbydetektivs Auguste Dupin (→ berühmte Detektive).
Seine Schriften haben sogar die Methoden der Polizei beeinflußt.
Merke: Poe nicht vor dem Schlafengehen lesen!!!

POLIZEIHUNDE

Nacht. Der Mann im zerschlissenen Mantel biegt eilig um eine Ecke. Er bleibt wie angewurzelt stehen. Zehn Schritte vor ihm steht ein Polizeibeamter mit Hund. Der Mann im Mantel reißt blitzschnell eine Pistole aus der Tasche und legt an. Ein scharfes Kommandowort des Beamten - die Leine losgelassen -, und der Schäferhund fliegt auf den Mann zu. Er verbeißt sich in dessen Unterarm, reißt den Kerl zu Boden und hält ihn dort knurrend fest. Der Schuß hat ein harmloses Loch in die Luft gebohrt.

Wieder ein Kommando des Beamten, der Hund läßt los und kehrt zu seinem Herrchen zurück. Der Mann am Boden steht grinsend auf. Er zieht den Mantel aus und schnallt den gefütterten, ledernen Unterarmschutz ab.

"Gute Arbeit, Kollege!" meint er anerkennend. Lob auch für den Schäferhund. Er hat die Prüfung der Lektion 76 in der Ausbildung zum Polizeischutzhund mit Auszeichnung bestanden.

Flocki von nebenan hat eine Hundeschule hinter sich, kann "Platz" und "Fuß" und auch das Pfötchen geben, wenn er gut aufgelegt ist. Er ist aber ein Schulanfänger, verglichen mit der Ausbildung des Universitätsdozenten Polizeihund.

Vierbeinige Sherlock Holmes haben ein hartes Training hinter sich und sind ebenso spezialisiert wie ihre zweibeinigen Kollegen: Fährten-, Schutz-, Stöber- oder Spürhund.

Ein Polizeihund geht für sein Herrchen durchs (Pistolen)feuer, erschnüffelt Sprengstoff und Rauschgift und nimmt unsichtbare Fährten von Flüchtigen auf.

Die Hundenase ist´s, die durch keine Maschine und keinen menschlichen Schnüffler ersetzt werden kann.

FORTSETZUNG SEITE 100

QUEEN, ELLERY

Hinter dem Pseudonym Ellery Queen verbergen sich gleich zwei Kriminalautoren, die in Teamarbeit ihre Geschichten verfassen: Frederick Dannay und Manfred R. Lee, zwei Vettern aus New York. In ihrer Jugend nahmen sie an einem Wettbewerb für Detektivgeschichten teil und gewannen den 1. Preis. Seither haben sie über 40 Bücher mit spannenden Thrillern geschrieben. Auch der Detektiv in ihren Stories heißt Ellery Queen. Für Kinder haben sie Milo Trbuchowitsch (→ berühmte Detektive) erfunden.

RATEKRIMI

In den Räumen des "Crime and Mystery Club" in Londons Innenstadt war nicht viel los. Man blätterte lustlos in Zeitungen, bestellte sich noch einen Whiskey und saugte an Zigarren. Etliche Mitglieder waren schon gegangen, andere machten sich zum Aufbruch bereit.

Da erschien Inspektor Brush. Sofort kam Stimmung auf. Nach respektvoller Begrüßung nahmen die noch verbliebenen Clubmitglieder an seinem Tisch Platz und warteten. Brush, von seinen Freunden auch "Comb" genannt, war immer für eine spannende Story gut.

Wie immer ließ er sich auch diesmal Zeit. Bedächtig zündete er sich seine Pfeife an, blies gefühlvoll einige Rauchringe, lehnte sich zurück, blickte lächelnd in die ungeduldig harrende Runde und begann:

"Gentlemen, sicher erwarten Sie von mir wieder eine Erzählung, in der Sie den Täter auf dem Tablett serviert bekommen und meinen Scharfsinn bewundern können. Ich muß Sie enttäuschen. Diesmal müssen Sie schon Ihre eigenen Gehirnwindungen in Gang setzen und selbst den Täter finden."

Erwartungsvolles Murmeln in der Runde. "Es wird darauf ankommen", fuhr er fort, "genau zuzuhören und jedem Detail Aufmerksamkeit zu schenken.

Well. Es war wieder einmal kurz vor Dienstschluß und nicht lange nach einem nächtlichen, heftigen Gewitter, als ich zu Lord Benstons Villa gerufen wurde.

'Die Familienjuwelen', hatte er mir aufgeregt keuchend am Telefon erklärt, 'sind verschwunden. Gestohlen. Entsetzlich! Shocking!'

Das große schmiedeeisene Gartentor war offen, und ich fuhr über den Kiesweg bis zu den Treppen, die zur hellerleuchteten Eingangshalle führten. Es nieselte noch leicht, deshalb begleitete mich der Butler mit einem Regenschirm über die Treppen ins Haus. Lord Benston war schon im Schlafrock und kam hochrot im Gesicht und heftig gestikulierend auf mich zu:

'Gut, daß Sie da sind, Inspektor', schnaubte er. 'Also, ich sage Ihnen, shocking, einfach shocking...'

Seines Redeschwalls kurzer Sinn: Die Familienjuwelen, Wert ca. 35 000 Pfund, wurden mitsamt dem schwarzen Köfferchen aus dem Tresor im Arbeitszimmer gestohlen. Tatzeit ungefähr 22 Uhr.

Er brabbelte weiter, während ich den Tatort besichtigte. Das Fenster des Arbeitszimmers lag an der Rückseite der Villa. Ein Flügel stand offen, und eine Scheibe war zertrümmert. Die Scherben lagen im Blumenbeet vor dem Fenster. Der Teppich im Zimmer war noch naß vom Regen.

'Haben Sie alles unverändert gelassen?' unterbrach ich seinen Redefluß.

'Of course, alles so, wie es war, als wir den Einbruch entdeckten.'

Die schwere Tresortüre war ohne Gewaltanwendung geöffnet worden.
'Hier lag er, der Koffer mit dem Schmuck', flüsterte Seine Lordschaft und wies auf das oberste Fach. 'Zum Glück ist er versichert.'

'Wer war an diesem Abend im Haus?' fragte ich.

'Ich, der Butler und das Stubenmädchen, Miss Tremble.'

Ich nahm mir das Stubenmädchen vor. Sie saß verschreckt am Tisch in der Küche und war nervös.

'Erzählen Sie mal, Miss Tremble', forderte ich sie auf. Sie begann zögernd:

'Wissen Sie, Herr Inspektor, ich habe schreckliche Angst vor Gewittern. Es war so um 10 Uhr, als es am ärgsten tobte. Ich wollte gerade Seiner Lordschaft ein Gläschen Sherry ins Arbeitszimmer servieren. Wie immer um diese Zeit.'

Die arme Miss Tremble schluckte ein paarmal aufgeregt und wischte sich die Hände an der Schürze ab.

'Ich zitterte so, daß ich das Tablett kaum halten konnte. Da hörte ich Geklirre aus dem Arbeitszimmer. Im Schreck verschüttete ich glatt den Sherry. Ich dachte mir, wahrscheinlich hat der Sturm ein Fenster zerbrochen.'

Pause. Ich half weiter: 'Sie liefen natürlich gleich hinüber, um nachzusehen?'

'Nein, nicht gleich', gestand sie. 'Erst nach einigen Minuten. Und da sah ich die Bescherung. O Gott! Ich lief gleich zu Mr. Banter, das ist unser Butler, und erzählte ihm alles.'

Der Butler, der das Gespräch mitangehört hatte, war die Ruhe selbst.

'Ja', meinte er mit tiefer Baßstimme, 'sie kam atemlos zu mir gerannt und brachte lange kein Wort heraus. Ich selbst zog mir eben die Galoschen und den Regenmantel aus, denn ich war drüben bei der Garage, das Auto unter Dach zu bringen.'

'Sie liefen am eingeschlagenen Fenster vorbei?' fragte ich ihn.

'Schon', sagte er gedehnt, 'aber es war zu diesem Zeitpunkt noch nicht in Scherben. Wenn ich mir noch die Bemerkung erlauben darf, es schien sich eine Person in diesem Raum aufgehalten zu haben. Ich sah einen Schatten am Fenster vorbeihuschen. Ganz sicher bin ich mir allerdings nicht. Ich war, sozusagen, tief in meinen Regenmantel verkrochen und hatte es eilig, ins Haus zurückzukommen.'

Damit schloß er den Mund und schüttelte auf meine weiteren Fragen nur verneinend den Kopf. Er hatte nichts Auffälliges gesehen oder gehört.

Entfernter Donner rollte. Lord Benston nahm mich beiseite und meinte vertraulich: 'Ich glaube, Inspektor, Sie folgen der falschen Fährte. Für Mr. Banter und Miss Tremble lege ich meine Hand ins Feuer. Sie sind jahrelang in meinen Diensten und haben sich nichts zuschulden kommen lassen. Nein, nein, ich glaube, wir müssen den Täter außerhalb des Hauses suchen. Denn hören Sie: Ich hatte den Abend in der Bibliothek im ersten Stock verbracht. Ich saß am Fenster, las einen guten Kriminalroman und war dabei eingenickt. So um zirka 10 Uhr weckte mich ein heftiger Donnerschlag. Der darauffolgende Blitz erleuchtete den Platz an der Hinterseite des Hauses. Für einen Sekundenbruchteil sah ich eine Gestalt mit einem Koffer unter dem Arm in Richtung Zaun huschen. Dann war es wieder finster. Sie verstehen, was ich meine!'

'Well', meinte ich und stopfte mir meine Pfeife. Der Lord sprach beschwichtigend auf mich ein: 'Natürlich ist es verdächtig, daß der Butler um die Zeit, als der Einbruch geschah, im Freien war - aber ich kann es einfach nicht glauben. Und das Stubenmädchen ...nein, die ist viel zu nervenschwach, um eine solche Untat...'

'Well', unterbrach ich ihn, und ich glaube, ich muß dabei erlöst gelächelt haben. 'Ich hab's!'"

Inspektor "Comb" Brush hielt in seiner Erzählung inne und schielte etwas verärgert auf seine ausgegangene Pfeife.

"Gentlemen, nun sind Sie dran. Ich will nicht behaupten, daß in meiner Erzählung eine Tatsache vorkommt, die beweist, wer den Schmuck gestohlen hat, jedoch einige Hinweise, die meinen Verdacht erregten. Wie sich später herausstellte, war der Verdacht begründet."

Brush stand auf und empfahl sich. Er lächelte schadenfroh.

MINIDETEKTIV, ERFOLGREICH GESCHAFFT

MINIDETEKTIV, TOTAL GESCHAFFT

LÖSUNG DES FALLS

Für solche Minidetektive, die zwecks Verbesserung ihres Scharfsinns noch weitere Beispiele brauchen, und auch für solche, die zwecks Hebung des Selbstbewußtseins noch weitere Erfolgserlebnisse suchen, sei auf einige Bücher mit Ratekrimis hingewiesen:

Ecke, Wolfgang: Das Geheimnis der 13 Diamanten

Sobol, Donald: Ratekrimis mit Detektiv Superfritz

Grund, Josef Carl: Spürnasenbuch (4 Bände)

RÄUBER & GENDARM

Früher einmal, als die Städte noch nicht so groß waren, es kaum Verkehr auf den Straßen gab und die Spiele der Kinder nicht auf briefmarkengroße Spielplätze beschränkt waren, wurde "Räuber und Gendarm" gespielt. Frag deine Oma, die kennt es vielleicht noch!

Hier eine Abart, die man auch in Wohnungen oder Kleinfamilienhäusern spielen kann:

Du hast Freunde zu deiner Geburtstagsfeier eingeladen. Wir stellen sie gleich mit Spitznamen vor: Margot "Marple", Olga das Ohr, Hansi "Holmes" und Klaus Peter, der Rächer der grünen Klomuscheltaucher.

Du erklärst ihnen vertraulich-geheimnisvoll (oder auch schelmisch-augenzwinkernd), daß deinem Großvater die Wärmeflasche gestohlen wurde. Täter unbekannt. Du hast aber, so erzählst du weiter, einige anonyme Briefe (=mit unbekanntem Absender) bekommen, die Hinweise auf den Dieb geben. Nun bittest du alle, dir bei der Detektivarbeit behilflich zu sein. Jeder bekommt ein Kuvert.

Margot "Marple" findet in ihrem:

Margot, durchaus nicht furchtsam, steigt mit einer Taschenlampe auf den Dachboden. In einem verstaubten Geigenkasten findet sie dies:

Olgas Kuvert beinhaltet folgenden Hinweis: 

Olga zieht los und entdeckt in einem alten Autoreifen ein weiteres Puzzlestück:

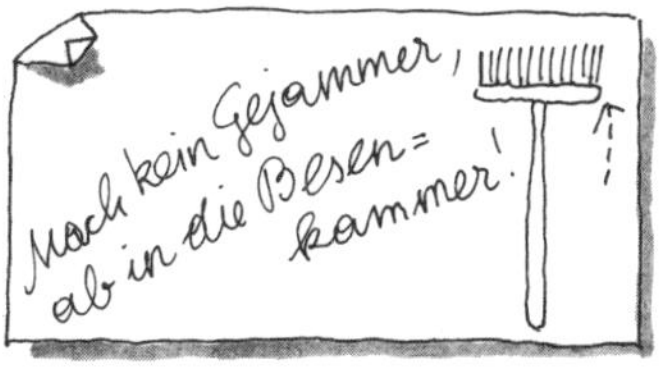

Hansi "Holmes" bekommt den Auftrag:

Und wirklich findet er in den Borsten eines alten Besens dieses Stück Papier:

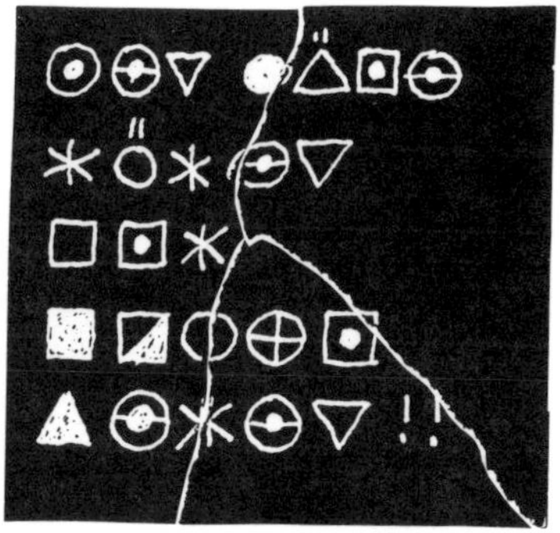

Fachkundig werden die Stücke aneinandergefügt!
Ratloses Sich-am-Kopf-Kratzen.
Zweifellos eine Geheimschrift!
Doch wo ist der Code?
Und wo ist Klaus Peter?

In seinem Kuvert war der Auftrag:

Klaus Peter eilt und findet etwas in der rostigen Gießkanne:

Er stolpert die Kellerstiege hinunter. In einer leeren Weinflasche steckt wieder ein Zettel:

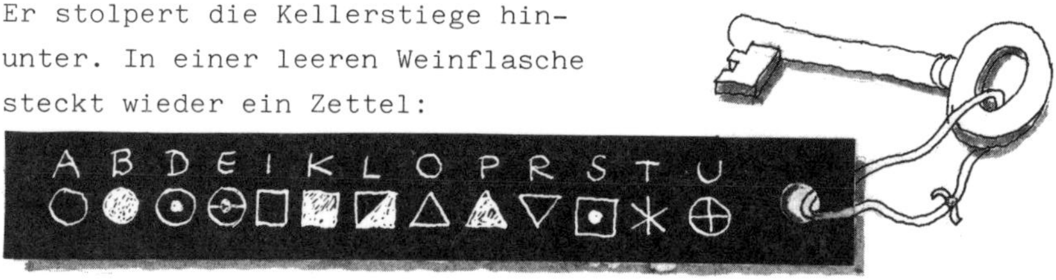

Er hat den Schlüssel zur Geheimbotschaft gefunden. Bald hat man das Ergebnis. Oho!

Der böse Täter
ist Klaus Peter!

Klaus Peter, der Rächer der grünen Klomuscheltaucher, wird blaß. Er wird nun einem scherzhaften Kreuzverhör unterzogen und muß ein erfundenes Geständnis ablegen. Dafür bekommt er ein besonders großes Stück Torte - als Henkersmahlzeit.

Du mußt dieses Spiel gut vorbereiten:
Anonyme Briefe schreiben, Hinweise verstecken, eine Geheimschrift ausdenken usw. Aber das wichtigste dabei: du darfst das Spiel nicht einfach von hier übernehmen, du mußt es verändern, neu gestalten, deiner Umgebung und der Anzahl deiner Gäste anpassen. Sei erfinderisch! Gib aber acht, daß die Wohnung beim Suchen nach Hinweisen nicht auf den Kopf gestellt wird und niemand gefährliche Aufträge erhält (z.B. "Der nächste Hinweis befindet sich an der Spitze des Hochspannungsmastes").

Laß auch Mordfälle weg! Wer ist schon gerne Mörder?

RAUSCHGIFT

Schon seit vielen tausend Jahren gibt es Drogen. Menschen nehmen diese Mittel, um sich zu berauschen, den harten Alltag zu vergessen, Schmerzen zu betäuben, Krankheiten zu heilen oder Extasen zu erleben.

Unter den Drogen gibt es jedoch viele, die süchtig machen. Das heißt: Ein Mensch, der eine bestimmte Droge, "nur so zum Spaß", für einige Zeit genossen hat, kommt plötzlich nicht mehr weg davon. Aus Spaß ist Ernst geworden. Sein Körper verlangt mehr und mehr. Die Droge ist für ihn das wichtigste im Leben. Er ist bereit, jeden Preis dafür zu zahlen. Er verliert das Interesse an seiner Arbeit, braucht aber

OPIUMRAUCHER

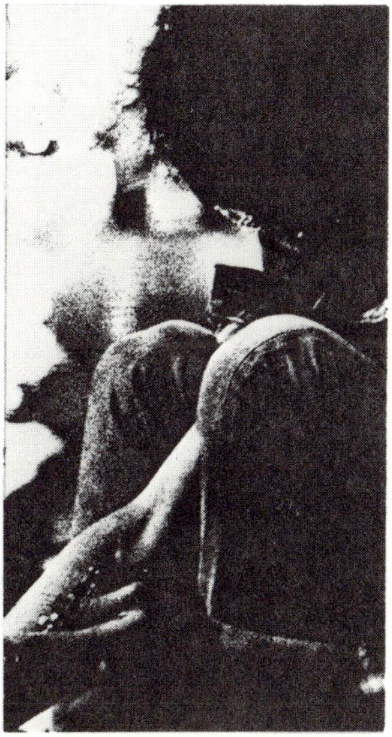

HEROINSPRITZER

dringend Geld. Er begeht Diebstähle und Unehrlichkeiten, um sich das Rauschgift zu beschaffen. Am Ende stehen Krankheit und Tod. Der einzige Ausweg ist eine ärztlich überwachte Entziehungskur, die qualvoll ist und sich über Jahre hinzieht.

Die bekanntesten Rauschgifte: Opium, Morphium, Kokain, Heroin.

Drogen werden durch Rauchen, Kauen, Essen, Schnupfen oder Spritzen eingenommen.

In heutiger Zeit wird die Erzeugung, der Handel und der Verkauf von Drogen von internationalen Verbrecherorganisationen kontrolliert, die Unsummen dabei verdienen.

Trotz strenger Grenzkontrollen, Einsatz von speziell trainierten (→) Polizeihunden, (→) Spitzel und (→) Interpol ist es für die Detektive des Rauschgiftdezernats sehr schwierig, Drogenringe zu zerschlagen.

Die Mengen, die benötigt werden, um viel zu verdienen, sind klein, daher leicht zu verstecken und über die Grenze zu bringen. Süchtige verraten nicht ihre Einkaufsquellen, weil sie auf mehr angewiesen sind. Verkäufer können ihre Großhändler nicht verpfeifen, weil sie nicht wissen, wer die sind, da der Handel über viele Mittelsmänner erfolgt. Wird wirklich einmal ein Großer erwischt, kann man ihm meist nichts nachweisen, und eine mächtige Gangsterorganisation (→Mafia) schützt ihn.

"Na, dann prost", sagt sich der Kommissar und jagt sich den vierten doppelten Whiskey durch die Kehle. "Aber das", lallt er, "ist schließlich gesetzlich geschütztes und erlaubtes Rauschgift! Hicks!"

RAZZIA

Aus dem Tagebuch eines Südamerikareisenden:

Buenos Aires, 14. September

Um halb drei in der Früh wachen mein Reisege= fährte und ich auf. Trommeln an den Türen, Brüllen, Kreischen, Pfiffe im Hotel. Auch unsere Tür wird bald aufgebrochen, und Polizisten stürmen herein. „Pasapórte, Pasapórte", schreien sie uns an. Schlaf= trunken zeigen wir unsere Pässe. Ein kurzer Blick darauf, und sie verschwinden in den Brusttaschen des kommandierenden Polizisten. Wir werden auf= gefordert, uns anzuziehen und mitzukommen.

Bescheidene Frage: „Warum?"

Herrische Antwort: „Weil wir eben die Polizei sind."

Auf dem Gang halbangezogene Hotelgäste, schreiende Kinder, fluchendes Personal und „rápido, rápido" brüllende Polizisten. Auch unser argentinischer Zimmernachbar muß mit.

Auf der Straße: Chaos. Polizeiwagen mit Sirene und Blaulicht, schimpfende Menschen, auf Triller= pfeifen blasende Polizei. Die Razzia scheint das ganze Viertel zu treffen. Wir werden in einen Polizeibus ge= stopft – ab mit quietschenden Reifen ins Polizeiquartier

Nr. 28. Dort ist es gerammelt voll. Der „Jeffe" verhört uns grob und oberflächlich. Wir erfahren nicht den Grund unserer Verhaftung und werden wie der letzte Dreck behandelt. Füllen Formulare aus, weil sich der Beamte bei unseren Pässen nicht auskennt. Unsere zehn Fingerabdrücke werden gleich doppelt abgenommen. Meine Taschen werden durchsucht und entleert. Auch Schuhbänder und Gürtel müssen wir hergeben. Meine Brillen darf ich großzügigerweise behalten.

Werden in eine Zelle geschoben. 41 Männer befinden sich drin. Galgengesichter, Vagabunden, aber auch ehrbare Leute. Die Steinbank, die an der Wand entlangläuft, ist voll besetzt. Einige liegen auf dem Boden und schnarchen. Wir müssen stehen und haben auch dazu kaum Platz. In einer Ecke befindet sich ein Pissoir, verstopft und stinkend. Speibe am Boden. Ein vergittertes Fenster an der Tür ist die einzige Möglichkeit, nach „außen" zu schauen. In der Zelle gegenüber liegt eine betrunkene Frau. Ein Mädchen weint und schreit, was die Polizisten mitleidig stimmt.

Von Zeit zu Zeit müssen wir alle aus der Zelle hinaus, die Namen werden verlesen, und der Aufgerufene hat „presente" zu sagen. Dann wieder ab in die Zelle.

Unsere Versuche und Bitten, mit dem österreichischen Konsulat telefonieren zu dürfen, sind erfolglos

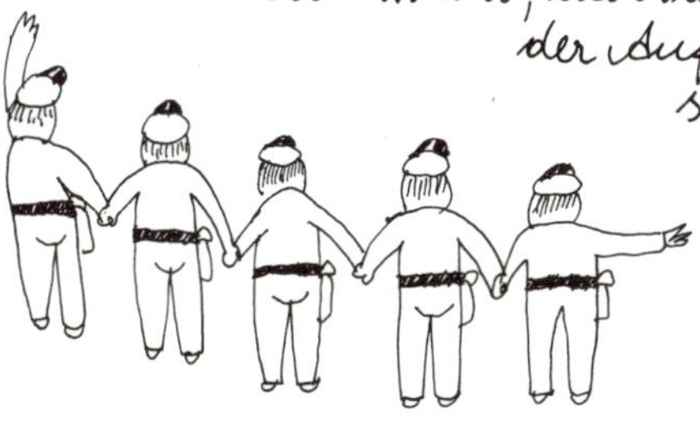

und werden mit Spott abgetan. Ich verbringe die lange Wartezeit mit Stehen, Hocken, am Boden sitzen. Keine Zigaretten, nichts zu essen.

Einige Zellengenossen erzählen uns, daß so eine Razzia alltäglich sei, daß sie schon öfters hier waren und von der Straße weg verhaftet wurden. Unser Zimmerkollege kaut an seinen Fingernägeln. Andere schimpfen. „Idiotas", „Gestapo", „Canaille" sind noch die mildesten Ausdrücke.

Nach einiger Zeit werden wir zum Verhör geführt. Der griesgrämige Zivilinspektor kann kein Wort Deutsch oder Englisch. Der Dolmetsch, den wir bekommen, kann noch weniger Englisch, als ich Spanisch kann. Der Inspektor will oder kann nicht verstehen, daß wir Touristen sind. – Wieder zurück in die Zelle.

Die anderen Häftlinge finden es empörend, wie wir als Touristen behandelt werden. Mit ihrer Hilfe gelingt es meinem Freund, endlich mit der österreichischen Botschaft zu telefonieren. Einige Zeit vergeht (in der die Botschaft wahrscheinlich Wirbel schlägt), und dann wird alles anders. Wir werden aus der Zelle geholt, man bietet uns Polstersessel, Kaffee und Zigaretten an (die erste heute). Jeder ist scheißfreundlich. Ein Polizeibeamter tippt sich auf die Stirn, die Blödheit seines Vorgesetzten meinend.

Um 4 Uhr nachmittag schenkt man uns endlich wieder die „Libertad". Wir waren 13 Stunden in Gefangenschaft und sind beide käsig, müde und an Leib und Seele zerschlagen...

8 WORTE SPANISCH:
(WORTERKLÄRUNGEN ZUM TEXT)

BUENOS AIRES=HAUPTSTADT ARGENTINIENS 10 MILL.EINW.
PASAPORTE=PASS
RAPIDO=SCHNELL
JEFFE=CHEF
PRESENTE=ANWESEND
IDIOTAS=IDIOTEN
CANAILLE=LUMPENPACK
LIBERTAD=FREIHEIT

Bei einer Razzia wird ein Gebäude, ein Straßenzug oder ein ganzes Stadtviertel von der Polizei abgesperrt und durchkämmt. Zweck des Ganzen ist es, einen bestimmten Verbrecher, den man in dieser Gegend vermutet, zu erwischen. Oder auch nur, auf gut Glück, möglichst viele Gesetzesbrecher im Netz zu fangen. Wer keinen gültigen Ausweis bei sich hat oder sonst irgendwie verdächtig erscheint, wird ins Polizeiquartier gebracht. Dort wird dann gesiebt. Die meisten gehen wieder frei, einige wenige bleiben hängen. Der edle Detektiv lehnt solche Methoden ab: zuviel Aufwand, um einige kleine Taschendiebe, Besoffene und Vagabunden zu fangen.

Übrigens: Razzia ist mit rasieren wortverwandt. Bei der Rasur wird ja auch der ganze Bart weggenommen, nicht ein einzelnes Haar entfernt.

RECHTSCHREIBUNG

Hat nichts zu tun mit Detektiven? Oho! Was ist dann mit der traurigen Geschichte des rechtschreibschwachen Detektivs J.?:

(→Lösung des Falls)

ROTWELSCH

"Der Kadi von diesem Kaff redete nur Stuß zusammen. Wie einen Ganoven hat er mich behandelt."

So entrüstete sich ein ehrbarer Bürger am Stammtisch. Er denkt sich nichts Böses dabei. Seine Zuhörer auch nicht. Und doch gebraucht er in seinen zwei Sätzen gleich vier Ausdrücke, die noch vor etwa hundert Jahren nur der ärgste Halsabschneider verstanden hätte. Die Ausdrücke stammen aus dem Rotwelsch, einer früher gebräuchlichen Gaunersprache.

Sie entstand im Mittelalter und wurde bis zu Beginn unseres Jahrhunderts von Verbrechern, Landstreichern und Bettlern verwendet. Heute ist Rotwelsch nahezu verschwunden und existiert nur mehr in Resten in unserer Umgangssprache oder im (→) Slang. Slang wird auch von ehrlichen Menschen gesprochen, Rotwelsch jedoch war nur für den Gauner verständlich. Eine Art Berufssprache, wie zum Beispiel Jäger ihre eigenen Ausdrücke verwenden. Rotwelsch entnahm Wörter aus verschiedenen Sprachen, hauptsächlich aus dem Jiddischen und aus Zigeunerdialekten.

Pioniere der Kriminalistik, wie etwa François (→)

Vidocq, konnten durch ihre Kenntnis dieser Gaunersprache große Erfolge erzielen.

Hier eine Aufstellung von einigen Worten Rotwelsch, die man heute verwenden darf, ohne gleich verhaftet zu werden:

Ganove, Gauner	Verbrecher
Kies	Geld
Schmiere stehen	Wache halten
Kaff	Dorf
Kohl, Stuß	Unsinn
Knast	Gefängnis
koscher	rein
Bulle	Polizist
Kadi	Richter
Grüne Minna	Gefangenentransport
link	falsch
hochgehen	verhaftet werden
singen	der Polizei verraten
Flittchen	leichtes Mädchen

SAYERS, DOROTHY

Wieder eine Dame (wieder aus England), die uns das Gruseln lehrt. Die Liste berühmter Kriminalautorinnen wächst: Agatha (→) Christie, Margery Allingham, Patricia Highsmith, Vera Caspary, Phoebe Atwood Tayler, Mary Robert Rinehart, Ngaio Marsh, Harriet Adams ...

In Sayers Krimis kämpft Edeldetektiv Lord Peter Wimsey (→ Berühmte Detektive) gegen Verbrechen und gegen die Geldknappheit seiner Autorin. Als Sayers durch ihn reich geworden war, ließ sie ihn undankbar fallen und schrieb nur mehr religiöse und philosophische Bücher.

SCHRIFT

ERPRESSERBRIEF

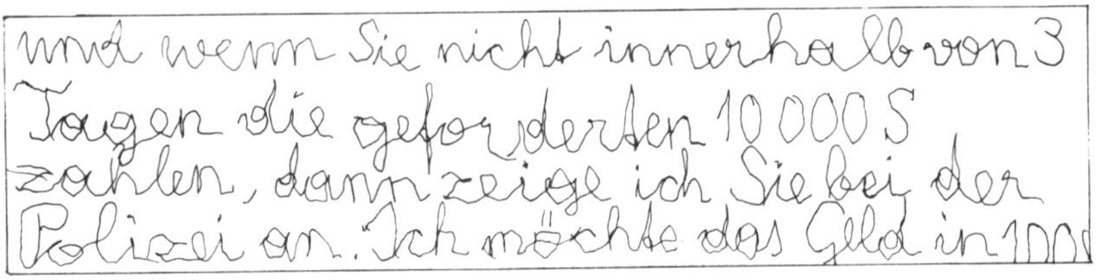
und wenn Sie nicht innerhalb von 3
Tagen die geforderten 10 000 S
zahlen, dann zeige ich Sie bei der
Polizei an. Ich möchte das Geld in 100

Der Brief des anonymen Erpressers war in ungelenker Handschrift geschrieben. Der Detektiv verschaffte sich Schriftproben (Briefe, Notizen etc.) von verdächtigen Personen und brachte sie zusammen mit dem Erpresserbrief zum Handschriftenexperten (Graphologe).

SCHRIFTPROBE I

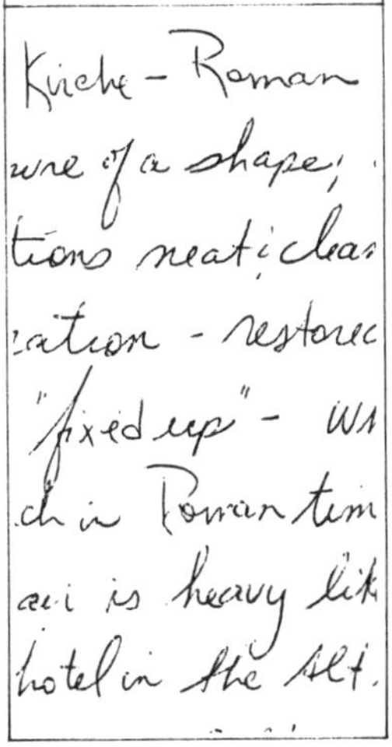

SCHRIFTPROBE II

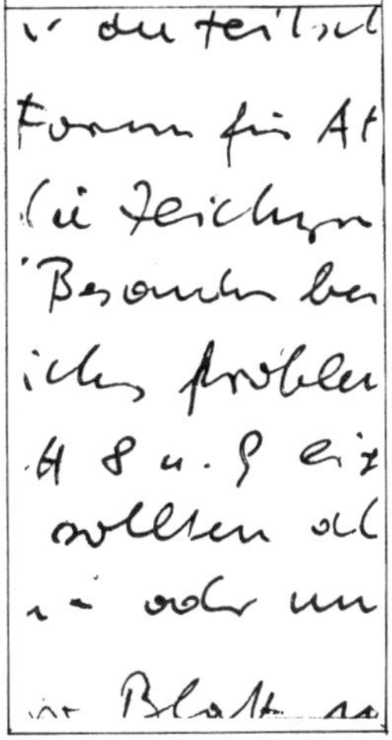

SCHRIFTPROBE III

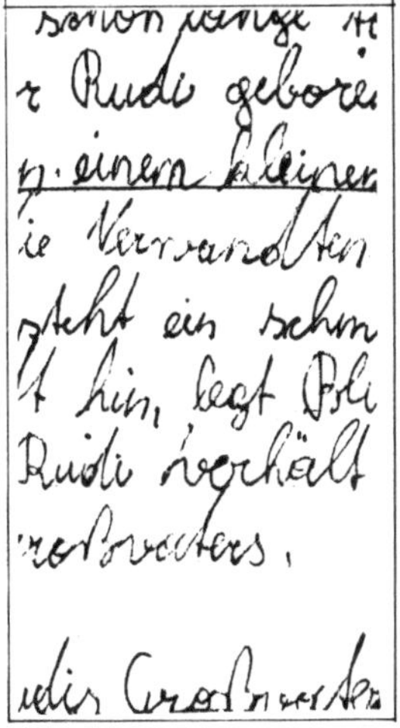

Der Graphologe fand heraus:

Der Erpresserbrief zeigt verstellte Handschrift. Er ist zu diesem Zweck mit der linken Hand geschrieben, obwohl der Schreiber Rechtshänder ist. Der Verfasser der Schriftprobe II ist dieselbe Person, die den Erpresserbrief geschrieben hat. Vermutlich männlich, ein verschlossener Mensch, ohne Willensstärke und mit Neigungen zur Hochstapelei.

Alle Achtung! Wie macht das der Graphologe? Also:

Bei Erwachsenen ändert sich die Handschrift kaum mehr. Auch wenn er sie verstellt, bleiben gewisse Eigenheiten gleich. So untersucht der Graphologe: Schriftgröße, Druckstärke, Buchstabenform, Abstand zwischen Wörtern und Buchstaben, Verhältnis zwischen Ober- und Unterlängen, Zeilenführung, Schriftrand und noch vieles mehr.

So wie sich deine Schrift ändert, wenn du z.B. zornig, vergnügt oder ängstlich bist, so zeigt sich auch in der Schrift Erwachsener der Charakter eines Menschen.

Schrift

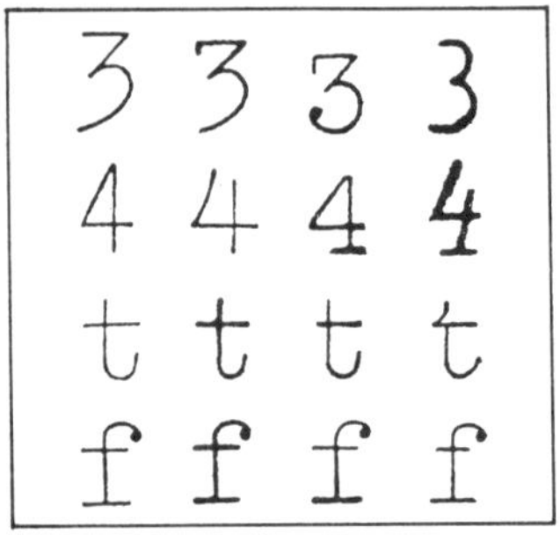

UNTERSCHIEDE BEI DEN SCHRIFTZEICHEN BEI VERSCHIEDENEN SCHREIBMASCHINEN-TYPEN

Hätte der Erpresser den Brief mit seiner Schreibmaschine geschrieben, wäre es ihm nicht viel besser ergangen. Der Experte kann feststellen, um welche Firmenmarke und um welches Baujahr es sich handelt.

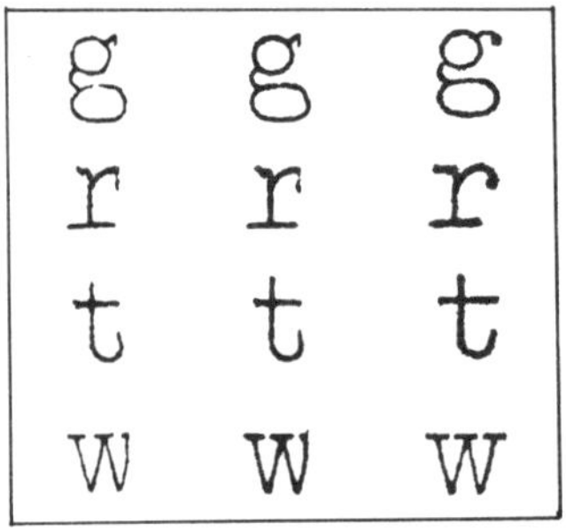

DIESELBE SCHREIBMASCHINENTYPE-TROTZDEM UNTERSCHIEDE BEI DEN BUCHSTABEN

Aber selbst die Buchstaben von verschiedenen Maschinen ein und derselben Marke weisen kleine Unterschiede in Form von winzigen Fehlern auf.

Selbst die Ausrede des Erpressers, der Brief sei wahrscheinlich von jemand anderem auf seiner Maschine geschrieben worden, weiß der Schriftexperte zu widerlegen. Durch verschiedene Druckstärke der Buchstaben, ständig wiederkehrende Fehler oder Eigenarten läßt sich der Schreiber ermitteln.

Auch Unterschriftenfälscher deckt der Schriftexperte mit Lupe und unbestechlichem Auge auf. Gefälschte Unterschriften sind oft zittrig, schwunglos und in der Schriftdicke unregelmäßig. Auch der Beginn und das Ende eines Striches weisen oft untrügliche Unterschiede auf:

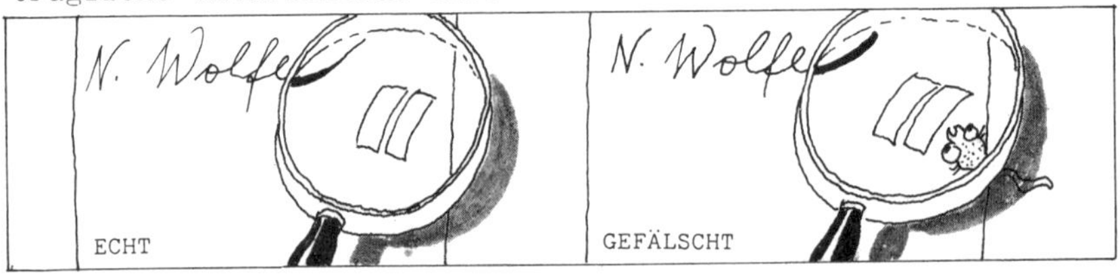

Schriftkundige Minidetektive erkennen sicher sofort, welche Unterschrift gefälscht ist:

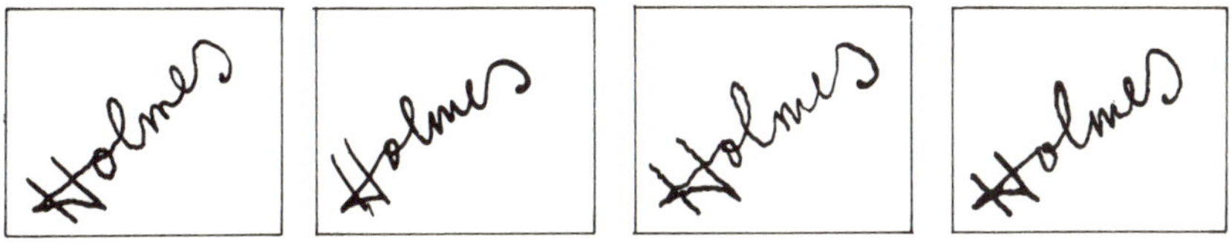

(→ Lösung des Falls)

SCHULE FÜR DETEKTIVE

Wie wird man Detektiv? Um Kriminalinspektor oder Kommissar zu werden, ist zunächst das Abitur nötig. Dann ein abgeschlossenes Universitätsstudium für Rechtswissenschaft. Nach Einstellung in den Kriminaldienst ein Grundkurs in den Fächern Kriminologie, Kriminalistik, Gerichtsmedizin, Psychologie, Strafrecht, Strafprozeßrecht, Polizei- und Beamtenrecht, Nachrichtenwesen, Waffenschulung, Körperschulung. Dann gibt es noch laufend Fortbildungskurse und Kurse für Spezialisten.

Noch jemand Lust auf Detektiv?
Für solche, die nicht gerade Kommissar werden wollen, gibt es noch andere, leichtere Möglichkeiten.

Aber lernen - lernen müssen sie alle: vom einfachen Polizisten bis hinauf zum Chef vom Interpol.

SCOTLAND YARD

Scotland Yard ist das Polizeihauptquartier von London. Es ist das berühmteste der Welt. Nicht weil es kriminalwissenschaftliche Untersuchungslaboratorien, eine riesige Fingerabdrucksammmlung und ein Verbrecherarchiv beherbergt. Auch nicht, weil es ein berühmtes Kriminalmuseum, das "Black Museum", beherbergt und auch nicht weil es ca. 30 000 Polizeibeamte angestellt hat. All das haben andere Polizeihauptquartiere auch. Es ist das berühmteste, weil die Mehrzahl der Kriminalromane aus England kam und kommt. Die Detektive in diesen Geschichten haben natürlich in Scotland Yard zu tun. Daher also.

Die Kieberer in der Bundespolizeidirektion Wien, die Flics der Préfecture de Police in Paris, die Bullen des Bundeskriminalamts in Wiesbaden und die Cops des FBI in Washington sind natürlich genauso tüchtig wie ihre berühmten Kollegen in London.

OLD SCOTLAND YARD

WEGEN PLATZMANGELS WEITER AUF SEITE 121

SIEBEN GOLDENE W

Wenn der gewiegte Detektiv ein Verbrechen wahrnimmt, wehen 7 goldene Ws durch sein Gewissen. Er zückt den Notizblock und geht systematisch vor:

Wer ist das Opfer, der Zeuge, der Täter?
Was geschah?
Wo geschah´s? Im Wald? In der Wohnung? Woanders? (→Tatort)
Womit wurde die Tat ausgeführt?
Wie? Und möglichst genau bitte.
Wann? (→Tatzeit)
Warum wohl? (→Motiv)
Wieviel? sollte der Detektiv auch mit dezent aufgehaltener Hand niemals fragen (→Bestechung).

SIMENON, GEORGES

Ein belgischer Kriminalautor, der bisher 200 Romane geschrieben und Kommissar Jules Maigret erfunden hat (→Berühmte Detektive).

Schneller noch als Maigret seine Fälle löst, schreibt sie Simenon. 80 Maschinschreibseiten am Tag, in 8 bis 10 Tagen ist das Manuskript fertig. Trotzdem sind es solide und gute Geschichten.

SING-SING

Ein bekanntes Gefängnis im Bundesstaat New York. Doch die Insassen haben keinen Grund dazu. Für sie müßte es eher "Wein Wein" oder "Seufz Seufz" heißen.

In aller Welt werden Sträflinge in schwarzweiß gestreiften, pyjamaähnlichen Anzügen gezeichnet. Aber diese modische Raffinesse ist nur den Häftlingen von Sing-Sing gestattet. Der ausgefallene Anzug dient dazu, damit sich ein entflohener Sträfling nur auf einem Maskenball, ohne Aufsehen zu erregen, zeigen kann.

SINGENDER SING-SING-SÄNGER

SLANG

Vorliegendes Beispiel zeigt deutlich, wie wichtig die richtige Ausdrucksweise im Umgang mit Verbrechern ist. Modern ist derzeit lässig vorgetragener amerikanischer Slang. Dieser, in Verbindung mit etwas trockenem, schwarzem Humor, sagt selbst dem härtesten Gangsterboß (selbst wenn er nur indonesisch spricht), that you mean business. Gepflegtes Hochdeutsch erntet bestenfalls Lachstürme.

Die hier gedruckte Aufstellung von Gangsterslang muß vom sprachlich interessierten Detektiv noch ausgebaut und vor allem dem örtlichen Operationsgebiet angepaßt werden, da die sprachlichen Gewohnheiten der Unterwelt in Chicago, Los Angeles und Monzelfeld* doch leicht verschieden sind.

*Deinen Wohnort einsetzen!

AMERIK. SLANG	DEUTSCHER SLANG	HOCHDEUTSCH
beanshooter	Knarre, Puffer	(Bohnenschießer)= Revolver
beat it!	Verpiß dich! Schleich dich!	(schlag es)=verschwinde
bloke (siehe noodlehead)		
booze	Alk, Öl	Alkohol
boozed	im Öl, fett, breit, abgefüllt	betrunken
bread, spinach	Kies, Marie, Zaster Flocken, Knete	(Brot, Spinat)= Geld
buck		Dollar
bump off	umlegen, hamdrahn um die Ecke bringen	morden
china	Beißer, Stockerln, Hauer	(Porzellan)=Zähne
chow, chew	futtern, verzwicken	essen
cig, drag, fag	Kippe, Fluppe, Tschick	Zigarette
clinic, caboose	Knast, Häfen, Bau	Gefängnis
coco, biscuit	Birne, Pluzer	Gesicht, Kopf
cop, boost	klauen, fladern	stehlen
dick, eye, shamus	Schnüffler, Kieberer	Detektiv
eat lead	abgeknallt werden	(Blei essen)=erschossen werden
fivefinger, hood	Fladerer, Langfinger	Dieb
freeze!		(einfrieren)=nicht bewegen
goat	Kiste, Kübel, Karre	(Ziege)=Auto
gut, breadbasket	Wampe, Gössermuskel	(Brotkorb)=Bauch
hit the road!	Putz die Platte! Fahr ab!	verschwinde!
hot seat		(heißer Sitz)= elektrischer Stuhl
ice	Glitzermurrer, Klunker	(Eis)=Edelstein
jiggers	Schmiere	Wachposten
joint, dive	Kneipe, Beisel	Gasthaus
lollipop	Schisser, Seicherl	(Lutscher)=Feigling
lop a mop	Leine ziehen, abseilen	(den Mop abschneiden)=flüchten
noodlehead, bloke	Trottel, Weh, Pfeife	(Nudelkopf)=dumme Person

paws	Pfoten, Pratzen	Hände
pig, copper	Bullen, Polente, Schanti	Polizist
polish, belt	vermöbeln, fotzen	(polieren)=schlagen
punk, bum	Penner, Sandler	Nichtsnutz, Vagabund
sing, spill	verpfeifen, singen	verraten

Platz für Zusätze

Für fremdsprachengewandte Minidetektive: Übersetze den Comicstrip sinngemäß in deutschen Slang! (→ Lösung des Falls.)

SMITH-WESSON

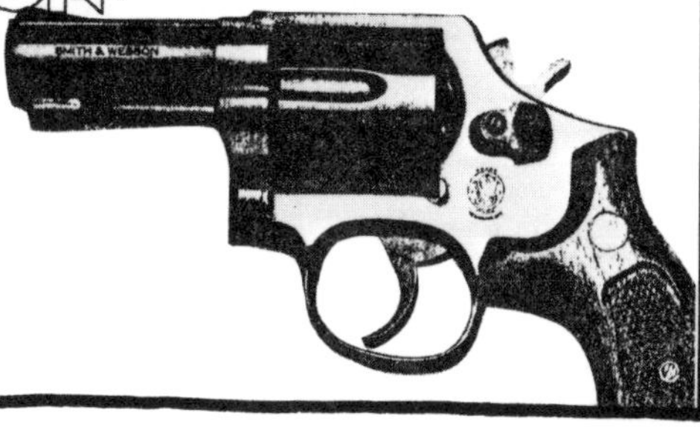

Mit einem Schuß aus der berühmten Smith-Wesson, Modell 547, kann man jemand zum Schweigen bringen. Überzeugen kann man damit niemanden.

SOHO

"In Soho sind die Messer lang" lautet der Titel eines billigen Kriminalromans.

Soho ist der Stadtteil, wo Londons Unterwelt ihr Unwesen treibt.
In Soho gibt es Nachtlokale und Opiumhöhlen.
In Soho wohnen Mörder, Diebe, Räuber, Messerstecher.
In Soho wimmelt es von zwielichtigen Gestalten.
In Soho ist man sich seines Lebens nicht sicher.

So liest und hört man es immer wieder. Aber es stimmt nicht. Soho war im vorigen Jahrhundert ein Elendsviertel Londons, ein Slum, wie ihn alle Großstädte damals hatten.

Sie lagen meist in der Nähe von Fabriken, Lagerhäusern und Hafenanlagen, wo Arbeiter in der Nähe ihres Arbeitsplatzes recht dürftig hausten.

LONDONER SLUMS VOR CA. 100JAHREN(GUSTAVE DORE)

SLUMS IN PANAMA, HEUTE

Daß es dort verwahrlost und dreckig aussah, war nicht die Schuld derer, die dort wohnten, sondern der Fabriks- und Hausbesitzer. Daß es dort zu Raufereien zwischen betrunkenen Arbeitern kam, lag am Elend der Menschen, die dort hausten. Daß ein reicher Nichtstuer im piekfeinen Anzug und dicker Brieftasche sich dort zwischen Arbeitslosen, hart schuftenden Barabern und Bettlern lieber nicht sehen ließ, ist wohl klar. Daß dunkle Typen dort leicht Unterschlupf fanden, ist logisch. Aber ein solches Stadtviertel ganz einfach als Verbrechergebiet abzustempeln ist doch zu billig. Man ersparte sich dadurch die Kosten für eine ordentliche Kanalisation, und man brauchte nicht gegen den Mietwucher und das fehlende Umweltschutzbewußtsein der Haus- und Fabriksbesitzer einzuschreiten: "Wohnen sowieso bloß Verbrecher dort!"

Heute ist Soho saniert, Geschäftsviertel und Touristenattraktion. Slums, wie es Soho einst war, gibt es heute noch in einigen Großstädten der USA und vor allem in Entwicklungsländern.

Auch bei uns gibt es Stadtteile, in denen Arme und Gastarbeiter unter menschenunwürdigen Bedingungen hausen müssen. Die Unterwelt hat ihre Zusammenkünfte und ihr Arbeitsgebiet in die Vergnügungsviertel der Städte verlegt.

Jedoch weiß der sozial bewußte Detektiv, daß Verbrechen und Verbrecher ebenso in den feinsten Villen und Stadtteilen zu Hause sind.

Zu unterscheiden sind:

Slums: Armenviertel

Favelas, Barritos: Elendsviertel in Südamerika

Gettos: Slums von Minderheiten (Juden, Schwarze...)

Verbrecherviertel: Gibt es nicht.

SPITZEL

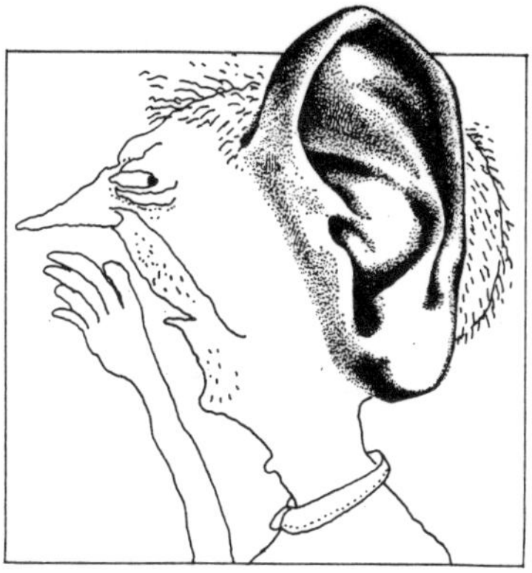

(engl.: Squealer)

Es ist schon ein trauriges Leben, das Karl B. führt. Er sitzt in anrüchigen Wirtshäusern herum und besäuft sich mit billigem Schnaps. Ja, früher einmal war er der berühmte Langfinger-Charley, ein angesehener Taschendieb in "seiner Welt". Aber jetzt - er kann und mag nicht mehr. Acht Jahre Knast haben ihm den Rest gegeben. Nein, ins Gefängnis will er nicht zurück. Keine krummen Touren mehr, hat er sich geschworen. Aber mit seinem Strafregister findet er keine Arbeit - und außerdem, in dieser "anderern Welt", der "anständigen", findet er sich nicht zurecht. Hier, in den zwielichtigen Kneipen der Unterwelt, da ist er aufgewachsen, da sind seine Freunde, da versteht er die Menschen.

Wovon lebt er, wovon nimmt er das Geld für den Fusel, von dem er abhängig ist? Er tut etwas, wofür er seine zittrigen Hände und trüben Augen nicht braucht: Er spitzt die Ohren. Er erfährt so allerhand dabei. Schlupfwinkel gesuchter Verbrecher, geplante Banküberfälle, wo Jack die Beute versteckt hat und wer beim Einbruch ins Lagerhaus dabei war. Diese Informationen verkauft er an die Polizei. Er bekommt nicht viel dafür. Gerade genug für die nächste Flasche Schnaps.

Die Unterwelt verachtet ihn, weil er nicht mehr mitmacht. Schon ist sie mißtrauisch. Die Gauner sprechen nicht mehr offen, wenn er in der Nähe sitzt. Zu viele Vorhaben hat die Polizei schon spitzbekommen. Wehe, sie kommen ihm auf die Schliche! Eine Abreibung ist ihm sicher, wenn nicht gar ein Messer im Rücken.

Auch bei der Polizei hat er keine Freunde. Er, der

Taschendieb, der Exhäftling, der Spitzel. Keine Information - kein Geld. Und jetzt verschwinde! Und komm mit etwas Brauchbarem wieder!

Spitzel, Konfidenten, Vigilanten, Informanten, V-Leute (Verbindungsleute), Singvögel usw. werden sie genannt. Aber das macht ihr Los nicht besser. Sie führen ein trauriges Leben, diese unglücklichen Mischungen aus Detektiv und Gauner.

SPUREN

Spuren sind das tägliche Brot des Detektivs. Jeder Mensch, ob er will oder nicht, hinterläßt Spuren. Freilich sind nicht alle so deutlich wie die eines Elefanten, der durch frischen Schnee gestapft ist. Manche sind unscheinbarer als das Ohrenschmalz eines schwerhörigen Marienkäferchens.

Nicht nur Spuren von Autoreifen am Gartenweg, (→) Fingerabdrücke an der Mordwaffe, Spuren am Körper des Ermordeten (→Obduktion), Geschoße, die in der Wand stecken (→Waffenexperte) und der schon klassisch gewordene Abdruck einer Fußsohle im Gartenbeet sind wichtig.

Der kriminalistische Spurensucher interessiert sich auch für Haare auf dem Teppich, Zigarettenstummel, den angebissenen Apfel, abgebrochene Fingernägel, das begonnene Kreuzworträtsel in der Tageszeitung, die Asche im offenen Kamin und den Inhalt des Mistkübels.

Doch nicht nur gesucht, auch gesichert wollen die Spuren sein. Zum ersten, da sie bei der Gerichtsverhandlung als Beweis gelten können, zum zweiten, da sie erst von Experten ausgewertet werden müssen. Denn was hilft dem Detektiv die schönste Lippenstiftspur am Weinglas, wenn ihm nicht der Experte sagt, von welcher Marke sie stammt, wo die erhältlich ist, welcher Frauentyp die betreffende Farbe bevorzugt, welche Lippenform und welche Trinkgewohnheiten die Dame hat.

Gesichert werden die Spuren vor allem, indem sie mitgenommen werden. (Achtung: getrennt verpacken, beschriften, datieren, Gummihandschuhe verwenden!) Ist das nicht möglich, wird fotografiert, gezeichnet, abgeformt, abgemessen und beschrieben (→ Rechtschreibung).

Hier eine Anweisung für den praktisch veranlagten Detektivlehrling zum Abformen eines Fußabdrucks.

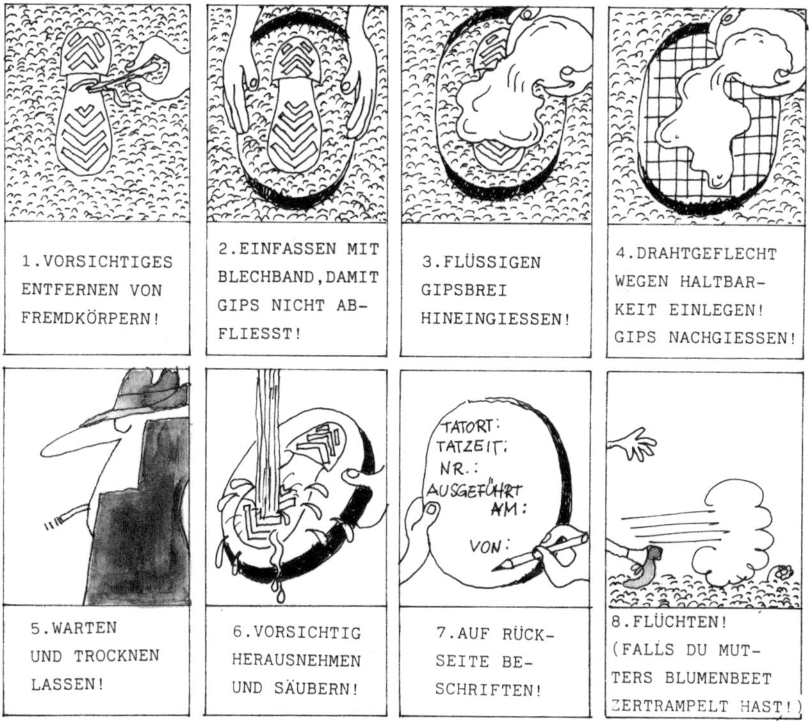

TATORT - TATZEIT

DER GÄRTNER

KRIMINALKOMMISSAR ZACK

DIE KÖCHIN

TATORT

Die betagte Gräfin war tot. Ermordet. Es war ganz klar, daß es nur die Köchin gewesen sein konnte. Die heulte und beteuerte ihre Unschuld. Aber was half´s. Alle (→) Indizien wiesen auf sie: Sie war die einzige, die zur Tatzeit am Tatort (dem Schlafzimmer der Gräfin) anwesend war. Die Mordwaffe (der schwere silberne Schöpflöffel) lag neben der Ermordeten. Die Fingerabdrücke der Köchin waren überall im Schlafzimmer. Klarer Fall: Sie war´s.

Kriminalkommissar Zack und sein Team waren jedoch bedächtige und gründliche Arbeiter. Lehm und Erdspuren an den Kleidern der Gräfin, winzige Grasreste an der tödlichen Wunde und Tannennadeln im Rocksaum ließen darauf schließen, daß der Fundort der Leiche (das Schlafzimmer) gar nicht der Tatort war. Der Tatort mußte im Garten zu suchen sein. Nach weiteren Ermittlungen wurde der richtige Tatort gefunden und der Gärtner als Täter überführt. Nachdem er die Gräfin in einem versteckten Winkel des Gartens erschlagen hatte, schleppte er sie unbemerkt in ihr Schlafzimmer, um den Verdacht auf die Köchin zu lenken.

Einen solchen Versuch nennt der amerikanische Detektiv ein "Frameup" (Einrahmung).

TATZEIT

Die betagte Gräfin war tot. Es war ganz klar, daß es nur der Gärtner gewesen sein konnte. Der jammerte und beteuerte seine Unschuld. Aber was half's. Alle Indizien wiesen auf ihn: die Fußabdrücke seiner Gartenschuhe am Tatort und seine Fingerabdrücke an der Tatwaffe. Vor allem aber: Bei der Ermordung der Gräfin zerbrach ihre Armbanduhr und blieb stehen. 4 Minuten nach 15 Uhr: Die genaue Tatzeit. Zu dieser Zeit befand sich der Gärtner im Garten. Klarer Fall: Er war's.

Kriminalinspektor Zack und sein Team waren jedoch bedächtige und gründliche Arbeiter. Der (→) Obduktionsbefund ergab die Tatzeit von 13 Uhr. Weitere Ermittlungen ergaben, daß nach der Ermordung die Uhr vom Täter zerschlagen und auf 15.04 Uhr gestellt wurde, eine Zeit, die den Gärtner belastete. Zur wahren Tatzeit (13 Uhr) war er nachweislich nicht im Garten. Es war natürlich die Köchin. Sie trug bei der Ermordung die Gartenschuhe des Gärtners, schleppte die Leiche ins Schlafzimmer, um scheinbar sich selbst zu belasten, wohl wissend, daß die Polizei ein so plumpes Frameup durchschauen würde, um so den Verdacht wiederum auf den Gärtner zu lenken (Doubleframeup).

Nach diesem schwierigen Fall lag Inspektor Zack wochenlang in einer Nervenheilanstalt. In seinen Fieberträumen hörte man ihn halblaut murmeln: Zeittat, Zeitort, Ortszeit, Ortstat, Tattat, Ortszeittat, Tatortzeit, Zeitortstat, Tatzeittat, Ortstatort, Zeittatzeit, Tatorttat, Zeittatort ...

TERRORISMUS

Scharfschützen des Antiterrorkommandos liegen auf dem Dach des Flughafengebäudes. Durch ihre Infrarot-Zieleinrichtungen halten sie den Einstieg der Boeing im Visier. Eine Spezialtruppe der Polizei kauert bis auf die Zähne bewaffnet in ihren Startlöchern. Das entführte Verkehrsflugzeug ist 50 Meter entfernt und wird von Scheinwerfern bestrahlt. Drinnen sitzen 4 Terroristen und 30 Passagiere als Geiseln.

Über ein Funkgerät kommt der Angriffsbefehl. Chaos bricht aus. Schüsse. Explosionen. Rauch. Feuer. Einige Minuten lang weiß niemand, was los ist. Danach weiß man es:

9 Geiseln tot, 4 Terroristen tot, 2 Terrorbekämpfer tot, zahlreiche Schwerverletzte.

Der Polizeichef und die Politiker bedauern. Sie sprechen von der Notwendigkeit, den Forderungen der Geiselnehmer nicht nachzugeben. Nur mit Härte ließe sich der internationale Terrorismus bekämpfen.

Meist stecken Organisationen hinter solchen (selbst-) mörderischen Aktionen: PLO, IRA, RAF... Zum Unterschied von Verbrecherorganisationen verfolgen sie politische Ziele: Freilassung von politischen Gefangenen, Rechte für Minderheiten, Sturz von Regierungen...

Ihre Mittel: Bombenlegungen, Entführung von Flugzeugen, Attentate, (→) Kidnapping von Politikern...

Die Bekämpfung: Präventivmaßnahmen (präventiv=vorbeugend), Geheimdienste, Antiterrorkommandos, Vergeltungsschläge.

Der Erfolg: weiterhin Tote, Blut, Tränen...

Der politisch wachsame Minidetektiv weiß, daß auch protestierende Umweltschützer, sitzstreikende Atomwaffengegner und aufmüpfige Friedensmarschierer von ihren Gegnern gerne als Terroristen bezeichnet werden. Darum sollte "Terrorismus" nicht mit dem Brillenmodell S/W betrachtet werden:

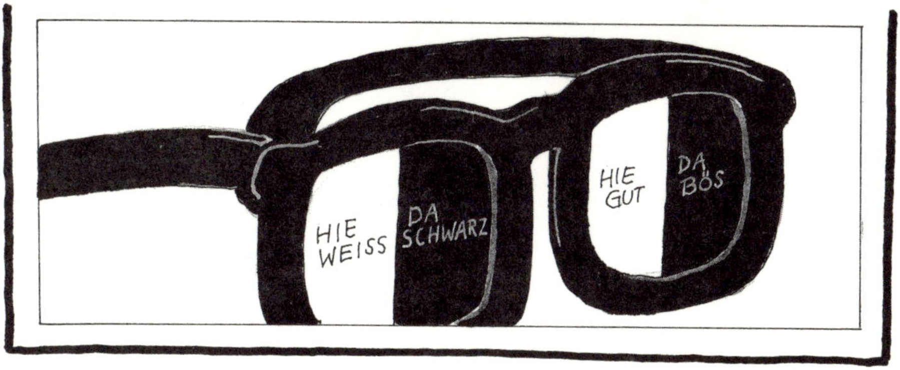

... UND RANNTE!

(FORTSETZUNG AUF SEITE 143)

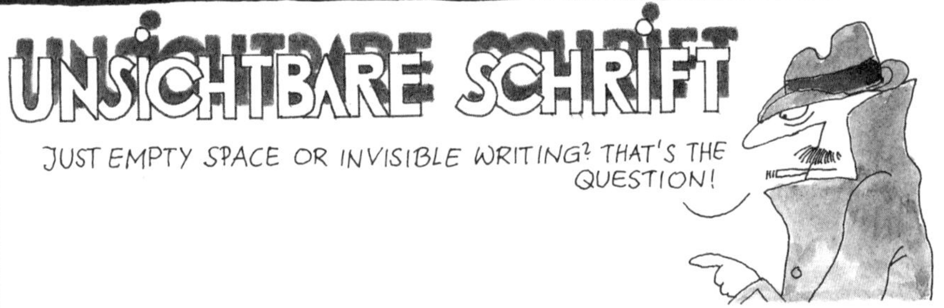

Hobbydetektiv Pauli U., genannt "die Nase", befand sich auf heißer Spur. Er rutschte behend eine Dachrinne runter, schlüpfte in einen Kanalschacht, kroch auf dem Bauch durch ein Abflußrohr und gelangte durch die Ventilatortube in den Schlupfwinkel der Geldfälscherbande. Ha, die Vögel waren ausgeflogen! Aber da steckte zwischen gebündelten Blüten (→ Falschgeld) ein kleines Büchlein. "Adressen" stand darauf. Er ließ es in einer seiner 56 Manteltaschen verschwinden und machte sich aus dem Staub. Denn schon nahten Schritte.

Erst zu Hause, in seinem Arbeitszimmer, fand er Zeit, sich das Büchlein näher anzusehen. Er schlug es auf, blätterte es durch - und erstarrte. Der Mund blieb ihm offen, seine Augen quollen heraus. Was sah er? Name und Adresse des Chefs der Bande? Nein, er sah nichts. Die Blätter waren vollständig leer.

Der erfahrene Minidetektiv lächelt wissend, nickt und murmelt: "Unsichtbare Schrift."

Auch bei Pauli fiel bald der Groschen. Er löste sich aus seiner Starre, die Augen schlüpften in die Höhlen zurück, der Mund schloß sich wieder, und die "Nase" stürmte in sein (→) Labor. Er hielt die Seiten des Büchleins über die Flamme des Spiritusbrenners, und bald erschienen ungelenke, aber gut lesbare Schriftzüge. Die Adressen der gesuchten Galgenvögel...

Unsichtbare Schrift

Hier zwei Rezepte für experimentierfreudige Minidetektive:

1. Proberöhrchen 1 cm hoch mit Wasser füllen!

2. Darin einige Kobaltchloridkristalle (→Labor) auflösen!

3. Mit dieser Lösung kann die Botschaft mit einem Pinsel auf rosagetöntes Papier geschrieben werden.

4. Wenn die Lösung eingetrocknet ist, ist nichts erkennbar.

5. Wird das Blatt über eine Flamme gehalten, wird die Schrift sichtbar (auf rosa Papier blau, sonst schwarz).

Ist auch mit einer Mischung aus Zwiebeln- und Zitronensaft möglich!

1. Löse einige Kupfersulfatkristalle (→Labor) in etwas Wasser!

2. Verdünne die Lösung mit Wasser, bis sie nur mehr schwach blau ist!

3. Mit Pinsel auf blaugetöntes Papier schreiben! Trocknen lassen!

4. Um die Schrift wieder sichtbar zu machen, das Blatt über eine geöffnete Salmiakgeistflasche (→Labor) halten! Die Dämpfe aus der Flasche färben die Schrift dunkelblau.

Warnung für Minidetektive mit schwarzem Humor! Deutsch-Schularbeiten nicht mit Geheimtinte schreiben! Nicht alle Deutschlehrer sind Chemiker.

VERBRECHER

Verbrecher werden nicht geboren, sondern gemacht. Armut, Not, Verwahrlosung, schlechte Vorbilder, mangelnde Erziehung, Unachtsamkeit, Krankheit, Zufall, Unglück, schlechte Freunde und soziale Ungerechtigkeit machen Verbrecher.

So wie sich der Unbescholtene von vielen hundert Berufen einen wählt, den er kriegt oder der ihm paßt, so stehen für die Verbrecherlaufbahn ebensoviel Karrieren offen. Um nur einige aufzuzählen:

Amtsanmaßer, Amtsmißbraucher, Attentäter, Ausbeuter, Ausweisfälscher, Autodieb, Bankräuber, Bankrotteur, Baubetrüger, Bauernfänger, Bestecher, Betrüger, Brandstifter, Dieb, Diebshelfer, Einbrecher, Entführer, Erpresser, Fahrgeldpreller, Fälscher, Falschspieler, Fluchthelfer, Geiselnehmer, Geldfälscher, Geldschrankknacker, Handtaschendieb, Heiratsschwindler, Hehler, Kidnapper, Kindesmißhandler, Kreditwucherer, Kunstdieb, Kunstfälscher, Kuppler, Kurpfuscher, Ladendieb, Landesverräter, Landstreicher, Messerstecher, Mietwucherer, Mörder, Preistreiber, Räuber, Rauschgifthändler, Sachbeschädiger, Scheckbetrüger, Schlingensteller, Schmuggler, Schwindler, Spion, Steuerbetrüger, Taschendieb, Tierquäler, Umweltverschmutzer, Unterschriftenfälscher, Urkundenfälscher, Vandale, Verkehrssünder, Verräter, Versicherungsbetrüger, Wahrsager, Weinpantscher, Wilderer, Wirtshausraufer, Wucherer, Zechpreller ...

Die Aufstiegsmöglichkeiten in den angeführten Berufen sind sehr groß. Den Höhepunkt dieser Karrieren bildet oft ein eigenes, allerdings kleines Büro, ohne Sekretärin, aber mit vergitterten Fenstern.

Hier eine Aufgabe für den Detektivmusterschüler mit guter Menschenkenntnis: Welche Berufe haben die abgebildeten Personen, und welche sind Verbrecher? (Merke: Der Schein trügt oft!)

(→ Lösung des Falls.)

VERFOLGUNG

(Kriminalistische Bezeichnung: Fahndung)

DER VERFOLGTE

(Raubmörder Josef F.)

Verdammter Mist! Warum mußte ich auch den Geldbriefträger abknallen! Warum mußte ich mit meiner Knarre gleich losballern, als er mit dem Geld nicht rausrückte? Was habe ich schon davon? Nichts. Ein paar lumpige 1000 DM, die mir nicht weiterhelfen. Statt in Florida im heißen Sand un-

DER VERFOLGER

Kriminalkommissar Franz Z.)

Verdammter Mist! Da läuft der ganze Fahndungsapparat seit drei Tagen auf Hochtouren, und noch immer keine Spur von dem Raubmörder! Sicher liegt er schon mit der Beute in Florida am heißen Strand unter Palmen. So gut möchte ich es auch einmal haben. Drei Nächte ter Palmen zu liegen, hocke ich hier in dieser windigen, dreckigen Almhütte. Meine Kleider sind naß, und mir ist kalt. Getraue mir kein Feuer zu machen. Der Rauch führt sicher zu meiner Entdeckung. Hunger habe ich. Seit Tagen nichts Warmes im Magen. Die halbe Beute würde ich für eine Schale heißen Kaffees und eine Zigarette geben.

Auf jedem Postamt und auf jedem verfluchten Gendarmerieposten hängt mein Steckbrief. Eine Belohnung haben sie für meine Ergreifung auch ausgesetzt. Da ist jeder Bulle doppelt auf Draht. Im Rundfunk und Fernsehen haben sie meine Personenbeschreibung durchgegeben. In jeder Zeitung ist mein Bild. Jede Bäuerin, die mich sieht, erkennt mich und läuft zum nächsten Posten. "Vorsicht, ist bewaffnet!" Lächerlich. Meine Hände sind so steif gefroren, ich bringe nicht einmal den Finger krumm.

Weiter über die Berge und über die Grenze? Mist! Wie denn? Mein Knöchel ist verstaucht und geschwollen. Die Blase an der Ferse ist aufgesprungen, blutet und eitert. Es ist neblig. Ich finde doch nie den Weg, wo ich mich noch nicht geschlafen, um die Fahndung zu leiten. Sechs Schachteln Zigaretten, literweise schwarzen Kaffee.

Was helfen da alle die Steckbriefe, Durchsagen über Rundfunk und Fernsehen und Bilder in der Zeitung. Der Kerl hat sich längst den Bart rasiert, sich die Haare färben lassen, eine Brille aufgesetzt, die Kleidung gewechselt. Jeder schaut auf dunkelblauen Rollkragenpullover und schwarze Cordhose. Und der rennt längst im graugestreiften Anzug mit gelbem Schlips herum.

Ja, ja, schon. An Bahnhöfen, Flugplätzen und Autobahnauffahrten stehen meine Leute. Die Grenzposten sind verständigt. Interpol ist informiert. Aber wie leicht schlüpft da einer bei dem Gedränge durch! Blöder Massentourismus. Überhaupt, mit Geld ist alles möglich. Und das hat er ja.

Sicher, sicher. Die Wohnungen seiner Bekannten, Freunde, Verwandten werden überwacht. Meine Detektive stehen zeitunglesend in den Empfangshallen der großen Hotels. Aber ich kann ja nicht jedes Haus im ganzen Land bedazu in der Gegend nicht auskenne. Und der verdammte Regen hört nicht auf. Oben auf dem Grat lauern die Bullen vom Zoll mit durchgeladener Pistole. Spurenhunde haben die sicher auch. Außerdem bin ich zu entkräftet. Habe zwei Nächte wegen der Kälte nicht geschlafen. Mit den paar nassen Fetzen am Leib ist es glatter Selbstmord, wenn ich weitergehe. Teufel! Ich sehe keinen Ausweg, wie soll das weitergehen...?

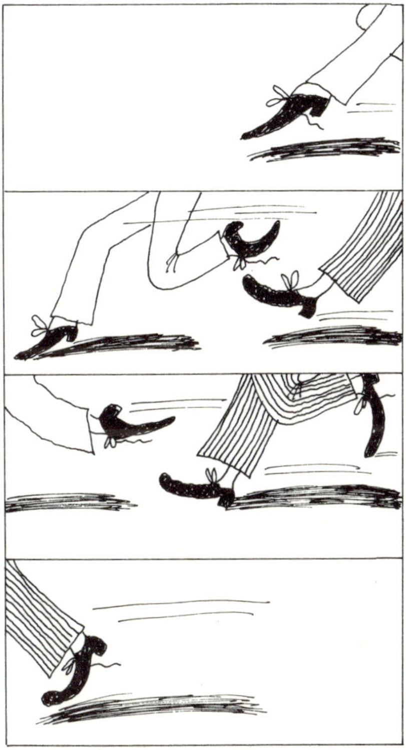

schatten lassen! Personalmangel, leider. Und überhaupt, mit Geld...

Und wenn er über die Berge geflüchtet ist? Kinderspiel! Bei dem Nebel schlüpft er durch jede noch so dicht gestaffelte Auffangkette. Und dicht besetzt ist die Wachkette in den Bergen sicher nicht. Haben ja auch Personalmangel, die Kollegen vom Zoll. Spurenhunde sind bei dem Regenwetter nicht verwendbar. Mist!
War überhaupt ein Blödsinn mit der Belohnung. Jeder will ihn gesehen haben und kassieren. 258 Anrufe haben wir in den letzten drei Tagen bekommen. Alles Falschmeldungen, Fehlalarm. Jeden Hinweis sind meine Beamten nachgegangen. Nichts. Kein Wunder, daß sie überarbeitet und nur mit halbem Herzen bei der Sache sind.

Mit jedem Tag sinken die Chancen, diesen Dreckskerl zu ergreifen: Die Aufmerksamkeit wird geringer. Andere, neue Steckbriefe flattern in die Polizeiposten, der alte verschwindet in der Fahndungskartei.

Himmel, ich sehe keine Möglichkeit. Wie sollen wir den erwischen ...?

VERHÖR

So schlimm wie auf dem Bild ist es meistens nicht. Nur in Filmen. Da klebt dem Gefangenen die Zunge am Gaumen, der Schweiß rinnt ihm über die Stirne, und er lechzt nach einer Zigarette. Pausenlos trommeln Fragen auf ihn ein, und es ist 3 Uhr morgens. Soweit der Film.

Zwar werden beim wirklichen Verhör redeunwillige Spitzbuben nicht mit Lehnstuhl, Kaffee, Zigarette und Klimaanlage bedacht, aber dem Vernehmungsbeamten sind gesetzliche Grenzen gesetzt. So sind verboten: Mißhandlungen, Verwendung von (→) Lügendetektor und Hypnose, Verabreichung von Plauderdrogen, Täuschungen, Drohungen und Versprechungen. Ein so erzwungenes Geständnis kann bei Gericht angefochten werden.

Doch eine lustige Plauderei ist ein Verhör beileibe nicht. Auch nicht für den Inspektor. Im Gegenteil. Der muß ganz schön auf Draht sein: Er muß auf die Eigenart des Beschuldigten eingehen, mal streng, mal beruhigend wirken, körperliche Reaktionen beobachten, sondieren, überrumpeln, suggerieren, zermürben, Fallen stellen, zerpflücken, verwirren, abtasten, ermuntern, sich unwissend stellen, sich wissend stellen, trösten, bohren, gleichgültig erscheinen und gleichzeitig wie ein Tiger auf der Lauer liegen. Und vor allem: Er muß gut zuhören können. - Kein Wunder, daß sich bei langen Verhören die Kriminalbeamten ablösen, wenn ihnen die Zunge am Gaumen klebt und sie nach einer Zigarette lechzen...

Für spitzfindige Minidetektive eine Aufgabe, an der sie ihre vernehmungstechnischen Qualitäten erproben können:

Banküberfall in Brooklyn!

APA|NEW YORK. - Gestern, am 28.11., wurde die Bank in der 24th West Av. in Brooklyn von fünf maskierten Personen überfallen. Die Gangster konnten mit der geringen Beute von 250 Dollar entkommen. Eine Bankbeamtin wurde durch eine Schußwunde leicht verletzt. Der Überfall ereignete sich um 9.35 Uhr. Die Polizei vermutet

NICHT FÜR DIE ÖFFENTLICHKEIT BESTIMMT!

Vernehmungsprotokoll
30.11.

Vernehmungsbeamter: Inspektor Victor Sneek
Befragter: "Tony Duck" (Anthony Indelicato)

Inspektor: O.K., Tony. Nimm Platz. Wird nicht lange dauern. Nur ein paar Routinefragen.

Tony: Dann schießen Sie mal los, Ispektor! Aber nicht mit Ihrem ~~Rewol~~ Revolver! Ha, ha!

I: (schaut ihn streng und schweigend an)

T: Tschuldigung, nur ein kleiner Scherz von mir. Also, wo drückt Sie der Schuh?

I: Die Fragen stelle ich hier: Wo warst du am 28.11. zwischen 8 und 10 Uhr vormittags?

T: 28.11.? - Ah, vorgestern. Moment mal. - Ach ja! So bis 8.30 Uhr habe ich geschlafen. - Wissen Sie, Frühaufsteher bin ich keiner - kein Wunder bei meinem Beruf - ~~Barkieper~~ Barkeeper - schließ den Laden meist um 1 Uhr in der Früh. Und dann noch die Abrechnung - also -

I: Zur Sache, Tony!

T: Tschuldigung! Also 8.30 Uhr. Dann runter in Henrys Café, auf ein gutes Frühstück. Ein gutes Frühstück, sag ich mir immer...

I: Jemand dort, der dein Alibi bestätigen kann?

T: Klar, Henry selbst, der Besitzer. Und Charlotte, die Serviererin. Ich hab mich mit ihr ein bißchen unterhalten. Also ich sag Ihnen...

I: Tony! Weiter!

T: Tschuldigung. - Ach, Inspektor, worum geht's denn eigentlich? Ich hab doch ein Recht zu wissen, warum Sie mich verhören.

I: Banküberfall, West Avenue, Brooklyn.

T: (pfeift durch die Zähne) Also ich sag Ihnen gleich, damit habe ich nichts zu tun. Ich weiß nicht einmal etwas davon.

I: Wirklich nicht? Stand doch groß in allen Zeitungen.

T: Ich lese keine Zeitungen. Sagen Sie mal, haben die viel erwischt?

I: Noch einmal: Die Fragen stelle ich. Aber wieso weißt du, daß es mehrere Täter waren?

T: Äh? Wieso? Weiß ich doch nicht.

I: Du sagtest doch:"...haben <u>die</u> viel erwischt?"

T: Oh. Ach so. Na ja, Banküberfälle werden doch meist im ~~Tiemw~~ Teamwork durchgeführt...

I: Schon gut. Also, weiter im Alibi!

T: Tja. Wo war ich? - Ja! Frühstück also bis 9 Uhr. Dann noch schnell einige Einkäufe... und dann ab in die Arbeit. Ich sperre die Bar um 10 Uhr auf. Zufrieden?

I: Klingt ganz gut. Nur - du brauchst doch nicht länger als eine halbe Stunde zu deinem Arbeitsplatz?

T: (beleidigt) Inspektor, Sie wollen doch nicht behaupten, ~~das ich~~ daß ich ...also ich würde so etwas nie tun!

I: Was war denn ~~mit~~ dann vor fünf Jahren mit der Savings & Loan Bank in...

T: (erzürnt) Das ist vorbei! Das hab ich abgesessen. Seither führe ich 'n anständiges Leben. Ich werde mir doch nicht wegen ein paar lumpigen hundert Dollar die Finger schmutzig machen und -

I: Schon gut, reg dich ab. Ich will doch nur wissen, wie lang du zum Arbeitsplatz brauchst.

T: (beruhigt) Normalerweise eine halbe Stunde. Bei starkem ~~Ve~~ Verkehr länger. Und bis ich die Bar in Schuß gebracht habe, vergeht wieder eine Viertelstunde. Ich kann also gar nicht um 9.35 bei der Bank gewesen sein. Denn die Bar war um 10 Uhr offen. Dafür habe ich Beweise.

I: Schon gut, Tony, schon gut. Ist genug für heute.

Anthony Indelicato Insp Victor Sneek

Während Tony das Protokoll unterschreibt, lächelt Inspektor Sneek zufrieden. Er weiß, daß Tony am Überfall beteiligt war.

Wodurch hat sich Tony verraten?
(→ Lösung des Falls.)

VERKLEIDUNG

Verkleidungen sind bei modernen, besonders amerikanischen Detektiven etwas aus der Mode gekommen. Doch der klassische Detektiv wird doch hin und wieder, und nicht nur bei Maskenbällen, sich hinter einer geschmackvollen, kleinen Verkleidung zu verstecken versuchen. Als Grundsatz mag gelten: Nicht zu dick auftragen! Ein dezentes kleines Utensil fällt weniger auf und verändert doch gewaltig das Aussehen. Ein Beispiel:

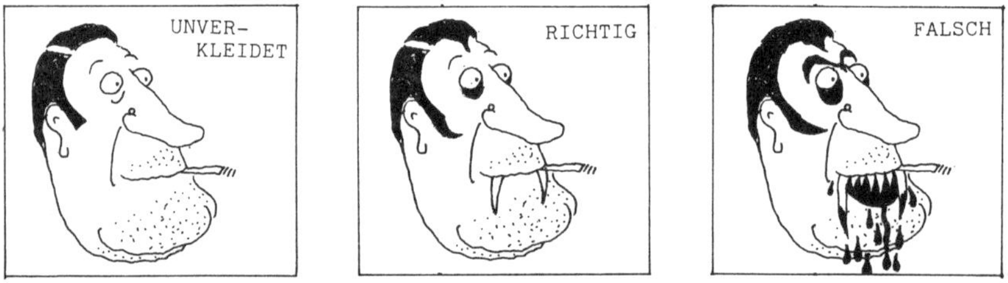

In eindrucksvoller Weise zeigt hier Detektiv V., ein Verwandlungsgenie unter seinen Kollegen, die hohe Schule der unauffälligen Verkleidung:

Hier eine schwierige Aufgabe für ehrgeizige Detektivmusterschüler: Verändere zeichnerisch das Aussehen von Detektiv V. bis zur täuschenden Ähnlichkeit von:

VIDOCQ, FRANCOIS E.

François Vidocq ist der "Vater der Kriminalistik", der "Erste Detektiv".

Momentchen, fragt sich da der ordnungsliebende und systematisch denkende Juniordetektiv, warum steht er dann nicht unter dem Stichwort "Berühmte Detektive"? Gut gefragt.

Dort finden sich die erfundenen, die papierenen Romanhelden. François Vidocq jedoch gab es wirklich. In Fleisch und Blut, und zwar vor ca. 200 Jahren. Zur Zeit der Französischen Revolution und Napoleons. Eine harte Zeit, aber Vidocq war härter.

Er wuchs in einer nordfranzösischen Stadt, einem Gaunertreffpunkt, als Sohn eines Bäckermeisters auf. Seine Spielgefährten: Kinder von Spitzbuben. Beliebte Spiele: Prügeleien. So nebenbei, und ohne eine Schule zu besuchen, lernte er Fremdsprachen, Fechten, Lesen, Schreiben und Rechnen.

Mit 14 Jahren riß er von zu Hause aus. Barfuß und in Lumpen, bei Regen und Kälte.

Und nun jagt ein Abenteuer das andere: Er kämpft ums nackte Überleben, gelangt in schlechte Gesellschaft und von dort ins Gefängnis. Er bricht aus, wird gehetzt und gejagt und wieder gefangen. Unschuldig verurteilt, brennt man ihm das Zeichen des Galeerensträflings in die Schulter und legt ihn in Ketten. Wieder entkommt er und versteckt sich in den finstersten Schlupfwinkeln der Unterwelt. Wieder wird er gefaßt, wieder reißt er aus. Keine Kette und kein Kerker können ihn halten. 25mal gelingt Vidocq die Flucht aus Gefängnissen.

Nicht nur bei der Polizei, auch in der Verbrecherwelt wird er berühmt. Er bekommt den Beinamen "Ausbrecherkönig". So zwischendurch übt er die verschiedensten Berufe aus: Fechtlehrer, Schmuggler, Wilder Mann in einem Zirkus, Offizier, Kaufmann, Wunderdoktor... Nie aber beteiligt er sich an einem Verbrechen.

Die Sitten und üblen Tricks der Unterwelt kennt er wie seine Westentasche, und (→) Rotwelsch wird ihm zur zweiten Muttersprache. Die Polizei haßt ihn, die Unterwelt verehrt ihn.

Mit 34 Jahren hat Vidocq genug von diesem Leben. Er stellt sich freiwillig der Polizei. Der Polizeipräsident ist sprachlos. Er verliert völlig die Fassung, als Vidocq erklärt, seine Kenntnisse über die Unterwelt der Polizei zur Verfügung zu stellen und Detektiv werden zu wollen. Als der Polizeipräsident die Fassung wiedergewinnt, nimmt er Vidocqs Vorschlag an. Der Ausbrecherkönig wird Detektivchef in Paris. Aus dem Gejagten wird ein Jäger.

Überrascht? Vielleicht doch nicht, wenn man weiß, wie das Polizeiwesen damals aussah: Farbenfroh uniformierte Polizisten versuchten säbelrasselnd, im Gleichschritt und in strammer Haltung, Gauner zu fangen. Eindrucksvoll, aber erfolglos. Gute Zeiten für die Unterwelt.

Vidocq ändert das. Er gründet die "Sûreté", die erste Detektivabteilung der Welt. Seine Beamten schickt er unrasiert und in Lumpen gekleidet auf Verbrecherjagd. Zum ersten Mal werden (→) Spuren gesichert, (→) Indizien zusammengetragen, es wird logisch gedacht, kombiniert, systematisch vorgegangen und blitzschnell zugeschlagen.

Der Erfolg seiner Methoden ist enorm. Die Viertel der Pariser Unterwelt entvölkern sich. Teils füllen sich die Gefängnisse, teils flüchten die Gauner aufs Land, um vor dem Zugriff Vidocqs sicher zu sein. Die Polizeikollegen beneiden ihn, die Unterwelt fürchtet ihn.

Die Erfolge Vidocqs wurden international bekannt. (→) Scotland Yard, (→) FBI und Polizeisysteme der ganzen Welt wurden nach dem Vorbild der "Sûreté" reformiert.

Seine Methoden wurden von vielen Romandetektiven übernommen. Auch für Sherlock Holmes ist es keine Schande, von Vidocq abzuschreiben. Denn er ist der Meister, der erste Detektiv. (Aus Walter Hansen, "Der Detektiv von Paris", Ueberreuter)

WAFFENEXPERTE

Der Mann lädt die Pistole durch, zielt lässig und drückt ab. Peng. Das Geschoß trifft sein Ziel. Nein, kein Blut spritzt hoch, kein Todesschrei, kein vergehendes Röcheln. Der Mann traf - traf einen türlosen Kasten, der dick vollgestopft ist mit Watte. Weiche, weiße Watte.

Ist der Mann wahnsinnig? Hat er durchgedreht? Ist er betrunken?

Nichts von alldem. Er ist Waffenexperte bei der Kripo. Er schießt auf Watte, damit auf dem Geschoß keine anderen Spuren entstehen als nur die des Laufes, durch den es gefeuert wurde. Das Geschoß wird nun chemisch untersucht und mit dem Geschoß, das in der Leiche steckte, verglichen. Somit läßt sich feststellen, ob die gefundene Pistole die Tatwaffe ist.

Kennt man nämlich die Tatwaffe, ist man schon ein gutes Stück weiter. Jede Schußwaffe hat eine Seriennummer, die beim Kauf der Waffe mit dem Namen des Käufers notiert wird. Der Detektiv weiß somit meistens, wer der Käufer der Mordwaffe war. (Das muß natürlich nicht immer der Täter sein.) Komplizierter wird es, wenn ein ganz Schlauer die Seriennummer herausgefeilt hat.

Selten läßt der Mörder die Tatwaffe neben dem Toten liegen. Was er aber nicht mitnehmen kann, ist die Kugel, die im Opfer steckt. Aus dieser kann der Experte ganz Erstaunliches herauslesen.

Unter den vielen tausend Pistolenmodellen weiß er, mit welchem gefeuert wurde. Durch den (→) Obduktionsbefund weiß er auch, aus welcher Entfernung und unter welchem Winkel geschossen wurde. Hat er die Waffe, weiß er, wann sie zuletzt benutzt wurde.

Jemand, der die Pistole locker im Halfter hat, blitzschnell ziehen kann und immer ins Schwarze trifft, ist kein Waffenexperte, sondern ein Revolverheld, der bald Knastexperte werden dürfte.

Der berühmte Waffenexperte W. konnte anhand der Spuren an diesem Geschoß die Schußbahn ermitteln und somit diesen rätselhaften Mord klären.

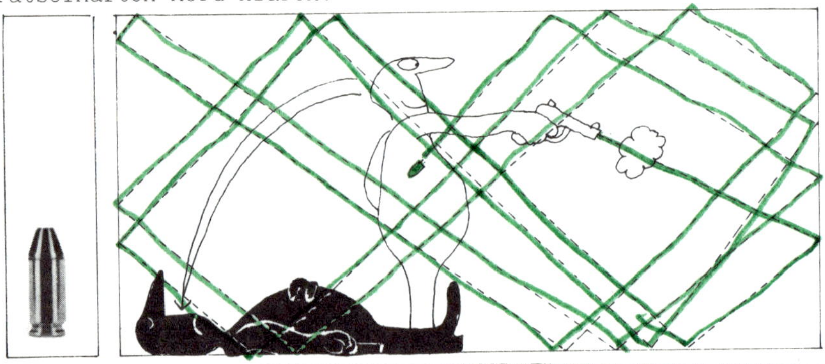

WALLACE, EDGAR

Englischer Kriminalschriftsteller. Er wuchs als Gassenjunge in den Slums von London auf und starb als reicher Mann. Er war der erste Autor, der durch das Schreiben von Detektivgeschichten wohlhabend wurde.

Seine vielen Geschichten werden mit der Werbung "Es ist unmöglich, von Wallace nicht gefesselt zu werden" zu Millionen verkauft.
Seine berühmtesten Werke: Der Frosch mit der Maske, Die toten Augen von London, Der grüne Bogenschütze, Der Zinker, Die Bande des Schreckens, Der Hexer.

WEIBLICHE POLIZEI

Dem harten, männlichen Minidetektiv mögen sich vor Grauen die Nackenhaare sträuben, der Unterkiefer mag ihm vor Staunen hinunterhängen, und händeringend mag er den Verlust eines rein maskulinen Faches beklagen - es gibt sie doch. Nicht nur die Politesse, die Strafzettel auf parkende Autos steckt, sondern auch die Detektivin, die Kriminalinspektorin und die Frau Kommissar (die nicht mit der Frau vom Herrn Kommissar verwechselt werden darf).

Sie arbeiten hauptsächlich an Fällen, in denen Kinder, Jugendliche und Frauen beteiligt sind, scheuen aber auch nicht vor Kriminalnüssen zurück, an denen sich schon manch männlicher Kollege die Zähne ausgebissen hat.

WEIHRAUCH

Ein abgefeuerter Weihrauch-Revolver riecht nicht nach Weihrauch. Sondern nach Pulver, Blut, Leiche, Verwesung, Tränen und Trauer.

FORTSETZUNG AUF SEITE 154

DOCH ICH ENTKAM. DANK MEINER SCHNELLIGKEIT UND KENNTNIS DER UNTERWELT.

X-DER GROSSE UNBEKANNTE

1. Das können (hoffentlich) schon einmaleinsschwächliche Kleinstdetektive lösen:

   100 . x = 1000

2. Dabei plagen sich schon große Mathes-Detektive:

$$\sum_{i=1}^{n} a_i \frac{\sqrt[3]{X^{-3}}\,(7{,}00635)^5 + \sqrt[4]{\frac{3b^{-4}}{3{,}94604a^2}}}{\frac{c(24816-3a)}{\frac{\sin\alpha}{b}} : \frac{\tan\beta}{c^{(b-a)}}} + \frac{\int_{-x^4}^{-3} \sqrt{\frac{15^{(6-b^2)}}{3468973214}}}{\frac{\cos X\cdot Y}{\sqrt[10]{763^{-356}}}} = X$$

3. Und das, ja, das ist selbst für wahre Meisterdetektive eine harte Nuß:

   Mordopfer + Tatort + Tatwaffe + Tathergang + Tatzeit + Motiv + Fingerabdrücke + Zeugenaussagen + Obduktionsbefund + unzuverlässige Zeugenaussagen = X

   Wobei X, die große Unbekannte, für den Täter steht.

Manchmal geht die Gleichung auf, dann bekommt der Detektiv eine Eins. Manchmal findet er die Lösung nicht, dann wird er von seinem Chef angeschnauzt, muß Überstunden machen, bekommt eine schlechte Dienstbeschreibung, bekommt keine Gehaltserhöhung und ... kurz, es geht ihm so wie dem einmaleinsschwachen Kleinstdetektiv, wenn er Beispiel 1 nicht lösen kann.

ZEUGEN

Ein Zeuge weiß etwas über ein begangenes Verbrechen. Er ist zur Aussage verpflichtet und muß die Wahrheit sagen. Wird er bei einer Lüge erwischt, kann er bestraft werden. Klingt recht einfach, kann aber recht kompliziert werden.

Da jeder Mensch anders ist, gleicht auch keine Zeugenaussage der anderen. Der Detektiv muß die verschiedenen Zeugentypen durchschauen und mühsam die Wahrheit herausschälen. Da gibt es: Schweigende und geschwätzige Zeugen, kurzsichtige Zeugen, schwerhörige Zeugen, solche, die den Verdächtigen schützen wollen,und solche, die ihm schaden möchten. Bestochene und erpreßte Zeugen. Solche, die nichts,und solche, die alles 100%ig gesehen haben wollen.

Drei Augenzeugen beschreiben den Bankräuber:

FRAU VOM 1.STOCK

KANALARBEITER

TAXIFAHRER

Ein Betrüger, der von Wohnung zu Wohnung ging und dabei vorgab, für einen guten Zweck zu sammeln, wurde wie folgt beschrieben. Detektiv Z. nahm die Aussagen auf:

RENTNERIN:
Groß war er. Mindestens zwei Meter. Und stark gebaut. Elegant gekleidet. Wie ein Geschäftsmann. Riesengroßer schöner Vollbart. Gepflegte Sprache, weiche, angenehme Stimme.

SCHRIFTSTELLER:
Mittelgroß und ausgesprochen fett. Kleidung wie aus einem verrückten Modejournal. Bart? Nein, höchstens unrasiert. Sprach ein entsetzliches Deutsch. Voller Sprachfehler. Ölige, schmierige Stimme.

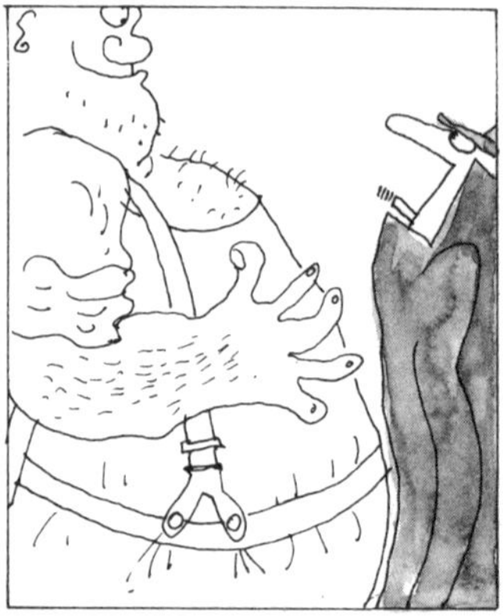

BIERFÜHRER:
Ein schmächtiges, kleines Männchen war´s. Wie ein Leichenbestatter war er angezogen. G´scheit g´redet wie ein Universitätsprofessor, aber kaum zu verstehen: So eine leise, dünne Stimm .

Ist das überhaupt die gleiche Person? Ja. Lügen die Zeugen? Nein. Der psychologisch interessierte Detektivanwärter weiß, warum sich die Zeugenaussagen unterscheiden!
(→ Lösung des Falls.)

ZINKEN

An alten Scheunen und Schuppen findet man noch ab und zu geheimnisvolle, schnell hingekritzelte Zeichen. Es sind dies Gaunerzinken, eine geheime Bilderschrift, mit der sich Diebe, Landstreicher und Bettler verständigten. Heute werden diese Zinken kaum noch verwendet, da Telefon, Funk und Post bessere Nachrichtenmittel bilden. Doch auch der moderne Detektiv tut gut daran, einige zu kennen und seine Kombinationsfähigkeit an ihnen zu üben.

Zinken an einer einsamen Waldkapelle in Deutschland:

In PFEILrichtung wird das VIERTE Haus in der Nacht des letzten MONDviertels überfallen. Darunter die "Unterschriften" von 5 Gaunern und ihre Zusage.

Nordamerikanische Zinken, in der Nähe von Bauernhäusern:

a) b) c) d) e)

a) Vorübergehen! Hier ist nichts zu machen.
b) Bissiger Hund!
c) Alarmanlage!
d) Nur Frauen sind auf dem Bauernhof!
e) Man bekommt etwas, muß aber dafür arbeiten!

MODERNE ZINKEN:

(→ Lösung des Falls.)

Lucky
19
TJA, FREUNDE, DAS WÄR'S!
ES WAR, SOZUSAGEN,
EIN HARTER FALL!
Ende

INDEX

Fettgedruckte Wörter sind Stichwörter.

Allen, die an der Entstehung des Buches beteiligt waren, meinen herzlichsten Dank. Besonders jedoch:

Gina, Jakob und Maria Ballinger, Ron Cole, Irmi Formayer, Eveline Gans, Kriminalrayonsinspektor a.D. Johann Gans, Ulli und Sandra Gölles, Dr. Heidi Holzer, Dr. Peter Holzer, Inge Pock, Volker Rutte, Cathy Saxon-Daurer, Wolfgang Zwangsleitner.

Bei jenen Abbildungen, die der Autor nicht selbst gezeichnet hat, führen die Spuren zu den folgenden Büchern:

Batman Comics. New York 1967

Raymond Chandler, Farewell, my Lovely. New York 1968

Raymond Chandler, The Blue Dahlia. New York 1976

G. K. Chesterton, The Innocence of Father Brown. Middlesex 1969

Wolfgang Ecke, Balduin Pfiff. Bayreuth 1976

Lee Falk, The Phantom. New York 1965

Hans Geist, Gwendolin Klick. Kreuzlingen, Wien und München 1984

Hans Groß/Friedrich Geerds, Handbuch der Kriminalistik, 2 Bde. Herrsching 1977/78

Walter Hansen, Der Detektiv von Paris. Das abenteuerliche Leben des François Vidocq. Wien-Heidelberg 1980

Hergé, Tim und Struppi. Reinbek 1972

Anne Morrow Lindbergh, Hour of Gold, Hour of Lead. New York 1973

Lew Louderback, The Bad Ones. Greenwich, Conn., 1968

Clifford McCarty, Bogey. The Films of Humphrey Bogart. New York 1965

Jerry Robinson, The Comics. An Illustrated History of Comic Strip Art. New York 1974

Josef Schurz, Vom Bilsenkraut zum LSD. Giftsuchen und Suchtgifte. Stuttgart 1969

Georges Simenon, Maigret-Geschichten. Zürich 1980

Barbara H. Solomon, Ain't We Got Fun? New York 1980

Chris Steinbrunner/Otto Penzler, Encyclopedia of Mystery and Detection. New York 1976

Ellery Queen, Ten Days' Wonder. Middlesex 1966

Das Buch der Köpfe. München 1981

DROP YOUR GUN!
DROP YOUR GUN!
DROP YOUR GUN!
DROP YOUR GUN!
DROP YOUR GUN!
DROP YOUR GUN!
DROP YOUR GUN!
DROP YOUR GUN!
DROP YOUR GUN!
DROP YOUR GUN!
DROP YOUR GUN!
DROP YOUR GUN!
DROP YOUR GUN!
DROP YOUR GUN!
DROP YOUR GUN!
DROP YOUR GUN!
DROP YOUR GUN!
DROP YOUR GUN!
DROP YOUR GUN!
DROP YOUR GUN!
DROP YOUR GUN!
DROP YOUR GUN!
DROP YOUR GUN!
DROP YOUR GUN!
DROP YOUR GUN!
DROP YOUR GUN!
DROP YOUR GUN!
DROP YOUR GUN!
DROP YOUR GUN!
DROP YOUR GUN!
DROP YOUR GUN!
DROP YOUR GUN!
DROP YOUR GUN!
DROP YOUR GUN!
DROP YOUR GUN!
DROP YOUR GUN!
DROP YOUR GUN!
DROP YOUR GUN!
DROP YOUR GUN!
DROP YOUR GUN!
DROP YOUR GUN!
DROP YOUR GUN!